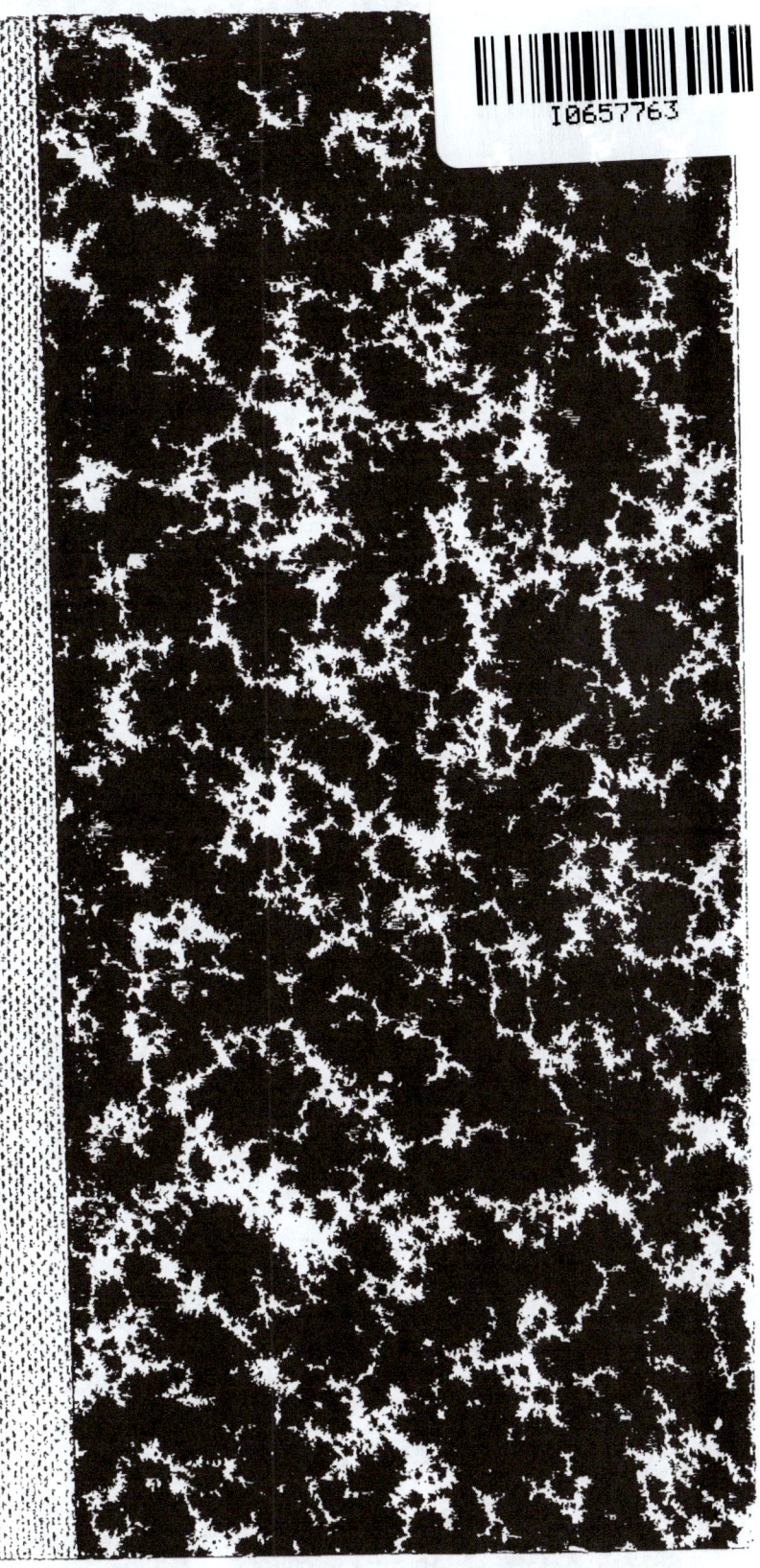

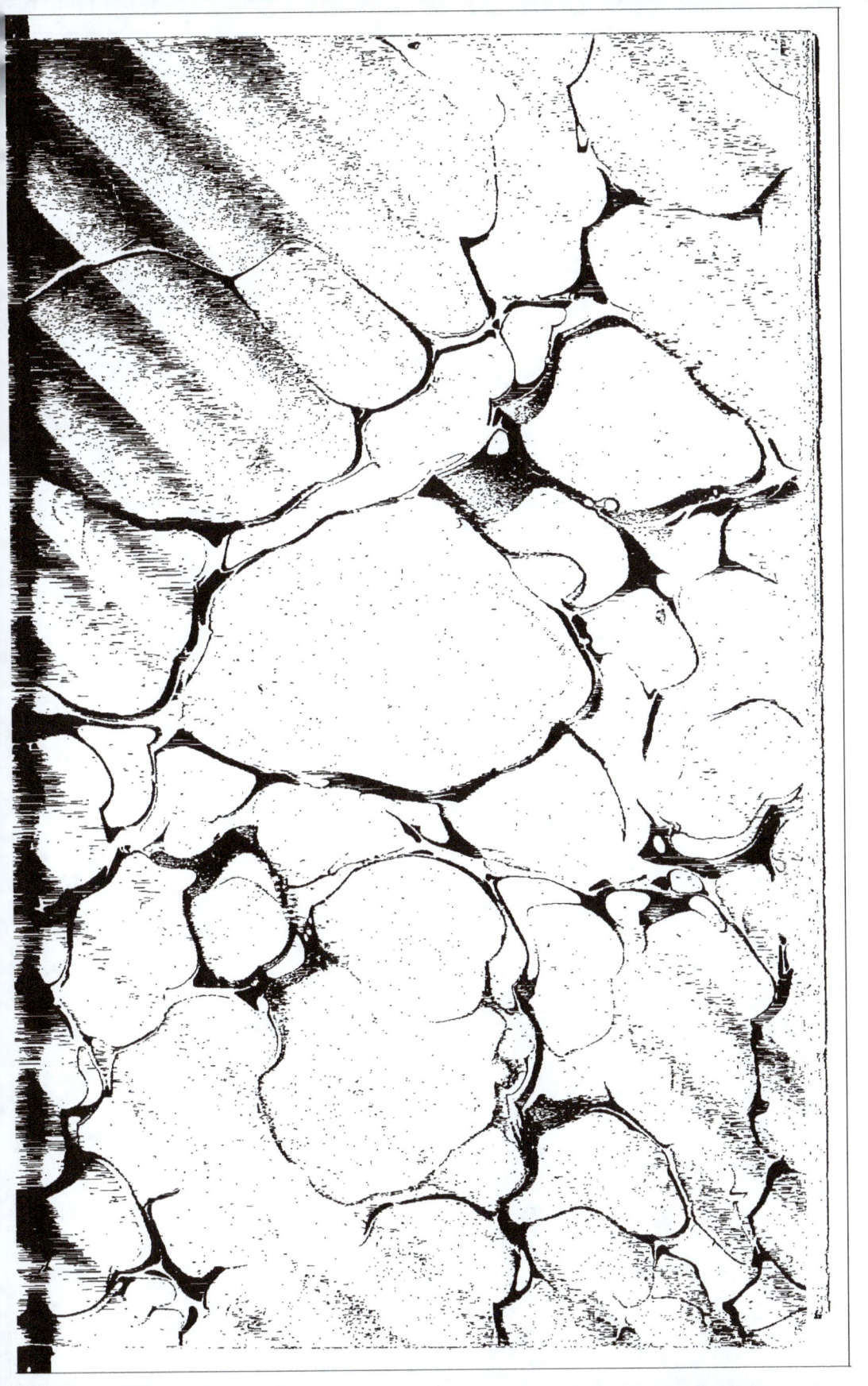

LE SECRET

DU

CÉLÈBRE ROSCIUS

ACTEUR ROMAIN

DÉVOILÉ

OU

COURS D'ACTION ORATOIRE FONDÉE SUR LES PRINCIPES
DE SCIENCE MIMIQUE
PAR LE MOYEN DESQUELS ON EXPRIME AVEC AISANCE ET FACILITÉ
TOUTES LES PENSÉES, TOUS LES SENTIMENTS
CONTENUS DANS TOUTE PRODUCTION LITTÉRAIRE
ET SUSCEPTIBLES D'ÊTRE RENDUS EN GESTES

Par l'abbé DESTAVILLE

Cet ouvrage, unique en son genre, est de la plus grande utilité pour
l'orateur de la chaire, de la tribune et du barreau, pour l'acteur,
pour le peintre et le statuaire même, qui y trouveront les poses à
donner aux sujets qu'ils voudront réaliser sur le marbre ou sur la toile.

Ce traité d'action oratoire est destiné à devenir classique pour les
séminaires, les écoles de déclamation, de peinture et de sculpture.

Nihil licet perfectum, nisi ubi natura cura juvatur. (Quintilien.)
On ne peut rien faire d'excellent qu'autant que l'on cultive les
dispositions naturelles.
Propter nos homines et propter nostram salutem. (Symbole.)

PARIS

AUX BUREAUX DE L'ŒUVRE DU COMMISSIONNAIRE DU CLERGE

12, RUE DE TOURNON, 12

1866

LE SECRET

DU CÉLÈBRE ROSCIUS

ACTEUR ROMAIN

DÉVOILÉ

Paris.—Typ, de Cosson et Comp., r. du Four-St-Germain, 43.

LE SECRET

DU

CÉLÈBRE ROSCIUS

ACTEUR ROMAIN

DÉVOILÉ

OU

COURS D'ACTION ORATOIRE FONDÉE SUR LES PRINCIPES
DE SCIENCE MIMIQUE
PAR LE MOYEN DESQUELS ON EXPRIME AVEC AISANCE ET FACILITÉ
TOUTES LES PENSÉES, TOUS LES SENTIMENTS
CONTENUS DANS TOUTE PRODUCTION LITTÉRAIRE
ET SUSCEPTIBLES D'ÊTRE RENDUS EN GESTES

Par l'abbé DESTAVILLE

Cet ouvrage, unique en son genre, sera de la plus grande utilité pour
l'orateur de la chaire, de la tribune et du barreau, pour l'acteur,
pour le peintre et le statuaire même, qui y trouveront les poses à
donner aux sujets qu'ils voudront réaliser sur le marbre ou sur la toile.

Ce traité d'action oratoire est destiné à devenir classique pour les
séminaires, les écoles de déclamation, de peinture et de sculpture.

Nihil licet perfectum, nisi ubi natura cura juvatur. (Quintilien.)
On ne peut rien faire d'excellent qu'autant que l'on cultive les
dispositions naturelles.
Propter nos homines et propter nostram salutem. (Symbole.)

PARIS

AUX BUREAUX DE L'ŒUVRE DU COMMISSIONNAIRE DU CLERGÉ

12, RUE DE TOURNON, 12

1866

RÉPONSE A QUELQUES OBJECTIONS

ÉTUDIEZ-MOI ; ALORS SEULEMENT VOUS SEREZ JUGE COMPÉTENT

DANS LA MATIÈRE

Cher Lecteur,

Enfin, après trois ans de réflexion et d'étude, j'ai pu composer mon cours d'action oratoire, ayant ravi à la nature le secret que tous sentaient exister et que personne n'avait pu trouver encore. Aussi n'est-il pas étonnant si la presse a produit si peu d'ouvrages en ce genre; et le petit nombre qui existent, manquant de ces principes qui éclairent tout art, toute science, ne peuvent, dès lors, compléter les études de celui qui se destine à parler un jour aux peuples, et donner à l'orateur les formes extérieures. On sentait le besoin d'un travail qui pût venir à son aide, on essayait de l'exercer; mais comment?... d'après quels principes?... On l'ignorait. On consultait le goût, plus ou moins bizarre d'un chacun, pour rendre tel mot, telle idée; mais une fois que la même pensée se présentait sous une autre forme, l'élève était aussi embarrassé la seconde fois que la première. Heureux que le professeur ne le fût pas aussi ! Eh bien ! aujourd'hui, dans mon cours d'action oratoire, je pense vous donner ces principes si désirés et jusqu'ici inconnus.

En présentant au public un travail tout nouveau, je ne me dissimule pas d'avoir à surmonter une difficulté d'autant plus grande qu'ils sont rares ceux qui possèdent de véritables notions sur cette matière, et qu'ils sont nombreux ceux qui en ont conçu du dégoût dans leurs études, tandis qu'on essayait de les exercer en aveugles à l'action oratoire. Quelquefois nous avons pu voir qu'il suffisait qu'un individu, parlant en public, eût une action plus ou moins perfectionnée, pour que de nombreux condisciples jaloux, ignorants ou dégoûtés, s'armassent aussitôt contre lui de la critique. Ses heureuses dispositions, ses bonnes qualités étaient pour lui un défaut, pourquoi ? parce qu'il n'était pas étranger. — Comme il est affecté ! disait celui-ci. — Ce n'est plus l'homme ordinaire, disait celui-là, qu'il me paraît outré ! — Parlez-moi, disait un troisième, d'un discours bien fait; c'est là tout. c'est là le bon orateur. — Pauvres censeurs !

vous avez oublié ce que probablement l'on vous a enseigné dans votre rhétorique, ce que disait Démosthène, ce que disait Cicéron.

Lecteur, je ne vous demanderai qu'une chose : c'est d'examiner si mes principes sont vrais et fondés sur le principe d'action résultant de la structure du corps humain et de la nature de l'homme, tel qu'il est sorti des mains du divin Créateur. Ce n'est qu'après avoir consciencieusement étudié la partie que vous pourrez être juge compétent.

Quant à la grande facilité que je vous garantis de vous former en peu de temps à l'action, ne me blâmez pas : jugez-moi encore après m'avoir étudié, et à coup sûr, vos préjugés d'école tomberont à ce sujet. Vous verrez que vous pourrez, comme cet acteur romain, le fameux Roscius, traduire en gestes, n'importe quel discours. Les analyses qui sont dans le corps de mon travail et à la fin vous le prouvent. L'histoire nous apprend que Roscius, l'intime ami de Cicéron, rendait par le geste toute l'éloquence écrite des immortels écrits de l'orateur romain.

Tandis que je termine, j'entends une voix s'élever et me dire : Monsieur, vous ne devinez pas. C'est le cœur qui fait l'orateur. — D'accord. Ce que j'avance cependant, n'est pas du tout en opposition à la sentence : « *Pectus est quod disertos facit.* »

Il faut savoir fidèlement traduire ce que vous sentez, le traduire conformément à la nature, à la vérité, le traduire avec grâce, avec à-propos, et non d'une manière fausse, rude, grossière, comme il n'arrive que trop souvent, et c'est là que tend mon travail : *Perfectionner à l'extérieur l'éloquence du cœur.*

— Encore, monsieur, une réflexion qui est la dernière, et je me range à votre parti. Oh ! quel ennuyeux travail, quelle préoccupation d'esprit toutes les fois que je parlerai en public, si je dois faire sans cesse attention aux gestes que demanderont les idées, les mots de mon discours ! Pas possible, ça va fortement nuire à l'inspiration, aux heureux mouvements qu'on ne commande pas. — Pas du tout, lecteur, écoutez :

Ce n'est pas lorsque vous irez parler en public que vous devez étudier les mouvements extérieurs qui doivent accompagner les mouvements intérieurs de votre âme. L'étude de l'action oratoire doit avoir précédé votre apparition devant les foules. Par un exercice antérieur, il faut que vous vous soyez familiarisé avec l'action, de telle sorte que, sans y penser, vous secondiez par vos gestes ce que vous annoncez, ce que vous sentez. Dites à cet enfant du peuple, que n'a pas favorisé les chances du sort, quittant la charrue pour prendre le fusil, dites-lui qu'il doit, devant l'ennemi, charger son arme en quatre temps, vous allez fortement l'embarrasser. Quelle grande préoccupation pour lui ! Quoi ! il a devant lui la mort, et vous exigez que, tout en défendant sa vie, l'honneur de la patrie, il fasse sa charge en quatre temps ! Cependant, après quelques mois d'exercice, qu'il paraisse devant l'ennemi, ce jeune soldat, sans préoccupation aucune, il fera bel et bien sa charge en quatre temps, maniera avec adresse, avec grâce l'arme qu'il savait à peine tenir en quittant le toit paternel. Il en sera de même pour vous, cher lecteur, j'en ai fait l'expérience sur des sujets les moins déliés des parties qui concourrent à l'action d'une manière immédiate. Travaillez à l'aide du secret que je vous livre, et vous verrez que c'est un grand service que je rends à tous ceux qui se préparent à parler un jour aux masses, ou qui leur parlent déjà.

Suis-je enfin certain d'avoir ravi à la nature le secret de l'action que possédait Roscius? Suis-je dans le naturel vrai sur le geste, les poses ?

1.

Il n'y a pas à en douter. Vous pouvez vous en convaincre, comme je m'en suis convaincu moi-même. En étudiant les chefs-d'œuvre de peinture, de sculpture en votre pouvoir, vous verrez avec satisfaction que la pose, l'expression que les grands maîtres ont données à leur œuvre pour réaliser leurs sublimes conceptions, sont en tout conformes à mes principes. Pouvait-il en être autrement? Ces immortels génies ne les ont-ils pas, comme moi, puisées dans la nature qu'ils ont rendue dans sa vérité vraie, sur la toile ou sur le marbre? S'ils eussent connu nos principes, que de veilles, que de méditations épargnées pour trouver la pose, l'expression vraies de leurs œuvres que nous admirons tous aujourd'hui !

Désormais donc, ces principes si utiles à l'orateur de la chaire, de la tribune, du barreau, à l'acteur lui-même, seront aussi d'une grande ressource pour le peintre et le statuaire.

Afin de compléter ce traité d'action oratoire, nous parlerons de la voix ; nous donnerons des règles fondées sur la nature, pour en retirer toutes les ressources qu'elle offre à l'orateur. En parlant de la mémoire nous entrerons dans quelques considérations sur l'improvisation.

LE SECRET
DU CÉLÈBRE ROSCIUS

ACTEUR ROMAIN

ACTION ORATOIRE

IMPORTANCE DE L'ACTION. —ATTITUDE GÉNÉRALE DE L'ORATEUR

En parcourant les divers écrits que nous ont légués les anciens, nous trouvons qu'ils regardaient l'action comme une des parties les plus essentielles de l'éloquence. Quelqu'un, demandant à Démosthène quelle était la première qualité de l'orateur, reçut pour toute réponse : action. Demandant encore qu'elle était la seconde, la troisième, il lui fut répondu : l'action. L'orateur grec voulait donner à entendre que c'était dans l'action que consistait l'art oratoire tout entier. C'est ainsi que l'entendait aussi

Cicéron quand il nous dit : « *Actio in dicendo una dominatur.* » Combien de fois, en effet, n'avons-nous pas vu des discours médiocres, soutenus de toutes les forces, de tous les agréments de l'action, faire plus d'effet que les plus beaux discours qui en étaient dépourvus? Combien de fois n'avons-nous pas été étonnés du succès de tel ou tel orateur, faible d'ailleurs pour la composition? C'est que par l'action il rachetait tous les défauts qui se trouvaient dans ses discours; c'est que par l'action il intéressait vivement l'auditeur et lui transmettait tous les sentiments qu'il éprouvait, n'importe leur ordre, leur arrangement. L'illustre évêque de Genève l'avait ainsi compris quand il disait : « Dites merveilles, mais ne les dites pas bien, ce n'est rien; dites peu et dites bien', c'est beaucoup. » L'action donc est d'un grand avantage pour celui qui est appelé à parler en public; aussi doit-elle être pour lui une de ses principales études.

Ecoutez sur ce point un homme qui longtemps a dirigé des séminaires : « C'est un devoir pour le prédicateur de bien posséder l'action oratoire et de s'y exercer jusqu'à ce qu'il soit parfaitement formé. La conscience, en effet, lui dit qu'il ne peut pas négliger une chose d'où dépend le succès de son ministère; et que si, pour perdre les âmes, les acteurs de théâtre s'efforcent avec tant de sollicitude d'arriver à la perfection de l'action, lui, pour les sauver, doit travailler, avec un zèle au moins égal, à se rendre habile en cette partie de son art. Quoi! les ministres de Dieu énerveraient par le vice de leur action la force de tout ce qu'ils disent, tandis que les ministres de Satan, par la perfection de cette même action, relèvent la vanité de leurs discours, et font pénétrer les passions dans les âmes! Ce serait une honte au clèrgé et un outrage à la parole de Dieu.

« Si on objecte que l'art est ici inutile, que la nature seule apprend tout, nous répondrons avec Quintilien : « *Nihil licet esse perfec-* « *tum, nisi ubi natura cura juvatur.* » Tous les talents sont bruts et informes, si l'art des préceptes ne les fait éclore et ne leur donne ce poli qui en fait le prix. Démosthène avait reçu de la nature peu de dispositions pour parler en public, l'exercice et l'application lui donnèrent ce que la nature lui avait refusé.

« Si on objecte encore que les apôtres n'ont pas appris les règles de l'action, nous répondrons qu'ils avaient reçu le don des miracles, bien capable de suppléer à l'éloquence humaine, et de plus, les dons du Saint-Esprit, qui leur enseignait à annoncer dignement l'Évangile; qu'inspirés par cet esprit divin, ils savaient être éloquents en action comme en paroles, et que saint Paul, au milieu de l'aréopage, n'eût point été écouté, si, par une action extérieure, jointe au sublime du langage, il n'eût su captiver l'attention de ce peuple. » (HAMON, curé de Saint-Sulpice.)

Buffon fait involontairement l'éloge de l'action lorsqu'il dit : « Que faut-il pour émouvoir la multitude et l'entraîner? Que faut-il pour ébranler la plupart même des autres hommes et les persuader ? Un ton véhément et pathétique, des gestes expressifs et fréquents, des paroles rapides et sonnantes. » La Bruyère avait dit la même chose en d'autres termes : « Le peuple appelle éloquence la facilité que quelques-uns ont de parler seuls et longtemps, jointe à l'emportement du geste, à l'éclat de la voix et à la force des poumons. » Ainsi ces éloges de l'action faits par des orateurs et ces dédains exprimés par des hommes qui, écrivant merveilleusement, ne savaient qu'écrire, attestent également l'importance de l'action oratoire.

Pour rendre facile à l'élève du sanctuaire l'étude de l'action oratoire, nous lui donnerons quelques principes qui mettront au jour tout ce que la divine Providence a placé de ressources et de richesses dans ce langage muet, qui, le plus souvent, ne produit pas moins de prodiges que la parole. Toutefois, avant de lui parler des parties qui concourent plus immédiatement à l'action, il me paraît essentiel de dire un mot sur l'attitude du corps en général, quand l'orateur se présente en chaire. Ce principe posé, les idées de détail découleront naturellement, comme les filets d'eau arrosant une immense prairie tirent leur source du fleuve qui les alimente.

Evidemment l'orateur, en montant en chaire, se propose de faire passer dans l'auditoire les impressions dont il est affecté. Il suit de là que son attitude variera selon que son âme sera émue par telle ou telle passion. En effet, viendra-t-il entretenir ses frères d'un sujet terrible : sa pose doit être sérieuse, et tout, dans son extérieur, doit nous offrir la concentration. Sa vue alors pour l'auditeur sera comme un exorde muet qui, recueillant les esprits, les préparera à entendre avec fruit les vérités terribles de notre sainte religion. Viendra-t-il au contraire leur parler du bonheur des élus, tout en lui doit respirer un doux contentement, une joie calme. L'auditeur, dans son air, trouvera de l'aisance, et son extérieur, lui révélant les sentiments heureux qui remplissent son âme, lui fera goûter pour ainsi dire les douces et consolantes vérités dont il va les entretenir.

POSES-PRINCIPES

OU PRINCIPES DE SCIENCE MIMIQUE SERVANT A RENDRE TOUTES
LES PENSÉES, TOUS LES SENTIMENTS SUSCEPTIBLES D'ÊTRE
RENDUS EN GESTES.

Il n'a pas suffi à la bonté excessive de Dieu
de doter l'homme du don précieux de la parole. Pour qu'il pût plus aisément manifester
à son semblable les diverses pensées, les divers
sentiments de son âme, le Créateur a voulu
augmenter en lui cette faculté de se produire
au dehors. Aussi toutes les parties de son corps
concourent-elles plus ou moins à ce but. Mais si
nous soumettons à l'analyse l'homme extérieur,
nous trouverons qu'après l'organe de la voix,
les mains, le visage jouissent spécialement de
ce privilége. Le langage des mains et du visage
est comme une langue universelle que, dans son
infinie bonté, Dieu a voulu rendre commune
à tous les hommes, à quelque degré de l'échelle
intellectuelle que vous les preniez.

En observant attentivement les mouvements
et les positions multipliées de la main, on peut
établir en thèse générale que tous les gestes ont

un centre commun qui les produit : *l'intérieur de la main* ou *face palmaire*. Car quel que soit le geste que vous fassiez, sauf le geste indicatif, l'intérieur de la main en est toujours le principe. Ainsi, voulez-vous recevoir ou rejeter un objet ? C'est la face palmaire qui reçoit ou qui rejette ? Voulez-vous vous opposer à quelque obstacle ? C'est la face palmaire qui s'oppose. Voulez-vous séparer, écarter ? C'est la face palmaire qui sépare, qui écarte.

Mais, de quoi nous servirait, dans l'étude de l'action, d'avoir reconnu l'intérieur de la main comme centre, comme principe de nos gestes, si nous ne posions des principes plus explicites, possédant à eux seuls un certain cercle d'idées qui nous sont manifestées par le mélange des principes et par les divers mouvements, appelés gestes, que nous leur imprimons ?

Cela posé, je dis que l'*intérieur de la main* ou *face palmaire* ne peut avoir que six positions principales naturelles et vraies, qui, jointes à la position indicative, renferment toutes les idées susceptibles d'être produites par le geste.

En effet, la face palmaire peut être dirigée :

1° En avant, l'extrémité des doigts portée vers le ciel ou vers la terre;

2° Vers le sujet en action ;

3° Vers la terre horizontalement ;

4° Vers le ciel ;

5° Vers le côté de la main qui agit ;

6° Vers le côté de la main qui n'agit pas.

A ces six poses, qui ne sont que les six faces du cube, ajoutez la position indicative, dont le centre du mouvement réside dans l'*index*, et vous aurez les sept *poses-principes* qui entrent dans l'action de l'orateur, quel que soit le sujet qu'il débite.

Par ce classement naturel et vrai, le jour commence à se faire pour celui qui se livre à l'étude de l'action. L'on est vraiment tout étonné d'apprendre que cette multitude de gestes que fait l'orateur n'aient pour but que d'obtenir sept poses. On comprend dès lors combien cette étude ainsi simplifiée devient désormais aisée et facile pour tous.

Ces sept poses-principes de l'action étant ré-vélées, il ne nous reste qu'à voir quels sont les sentiments, les idées que renferme naturelle-

ment chaque pose-principe d'après le mouvement qui l'accompagne. Par cet exposé, vous
verrez combien l'on obtient avec facilité cette
action que nous admirons tant dans certains
orateurs.

Permettez-moi à ce sujet une courte digres-
sion qui prouvera combien nous sommes dans
le beau et vrai naturel, lorsque nous établissons
nos poses principes.

Un missionnaire du calvaire de Toulouse me
racontait un jour combien était belle l'action
du P. Lacordaire. Il fut, dit-il, réellement
beau dans un geste qu'il fit en prononçant ces
quatre paroles : *gratis accipistis, gratis date.*
Le priant de m'indiquer quel était le geste qui
avait accompagné ces mots. Il avait, pour-
suit-il, les mains en avant, la face vers le ciel.
Aux mots *gratis accipistis*, il les ferme pour les
ouvrir, les lançant en avant, en prononçant
gratis date. — Je ne suis pas un Lacordaire,
bien s'en faut, et à sa place j'aurais fait la
même chose; vous en auriez fait autant, vous-
même, si vous eussiez connu le 1° et le 3° de
ma quatrième pose-principe.

Pareille réponse je donnai à un dominicain qui me vantait un geste du même orateur. Lacordaire, dans un de ses beaux mouvements, exprimait l'idée de dispersion ; son geste si admiré consistait à rapprocher ses mains au devant de lui, pour les rejeter aussitôt avec force, chacune de son côté. Ma cinquième pose-principe, lui dis-je, ordonne en pareil cas de faire comme lui.

IDÉES PRINCIPALES NATURELLEMENT RENFERMÉES DANS CHAQUE POSE-PRINCIPE.

Qu'est-ce qu'un geste ?

J'appelle geste le mouvement que fait l'orateur pour prendre une pose ou pour passer d'une pose qu'il a à une autre qu'il veut garder ou ne pas garder.

Les différents mouvements, pour prendre les poses, donnent, en général, les différentes idées renfermées dans chaque pose-principe.

J'appelle geste soutenu la pose conservée, une fois obtenue.

PREMIÈRE POSE-PRINCIPE.

La face palmaire, portée en avant, l'extrémité des doigts regardant le ciel ou la terre, nous donne :

1° L'idée d'évidence, d'ouverture, de manifestation, d'exposition, d'étalage, etc.

Le mouvement qui doit accompagner cette pose sépare, en sens contraire, les mains se tenant au commencement très-rapprochées.

Si, en les séparant, vous décrivez comme de petits cercles, vous rendez les idées de mobilité.

2° Si, conservant la même pose des mains, vous haussez les épaules, vous aurez doute, ignorance, étonnement, etc.

3° Cette même pose, suivie d'un mouvement qui pousse les mains en avant, s'oppose, abhorre, redoute, rejette, repousse, présente, etc.

4° Si, dans cette même pose, le mouvement

retire les mains vers soi, vous rendrez l'effroi, la peur, etc.

Selon nous la pose la plus naturelle ici est celle dans laquelle l'extrémité des doigts regarde le ciel.

DEUXIÈME POSE-PRINCIPE.

La face palmaire, tournée vers soi, accompagnée d'un mouvement qui la porte vers notre propre corps, indique :

1° Que l'orateur parle de ce qui est à lui, de lui, avec lui, dans lui ou dans les personnes qu'il représente.

2° Qu'on appelle quelqu'un à soi, etc.

3° Quand vous serrez les mains sur votre cœur, cette pose exprime l'idée d'embrasser, d'être dans le recueillement, etc.

TROISIÈME POSE-PRINCIPE.

La face palmaire, dirigée vers la terre, nous donne l'idée :

1° De base, d'appui, de solidité, de soumission, de repos, de confirmation, de destruction, de silence, d'autorité, de commandement, etc.

Cette même pose qui avertit, explique, propose, doit être suivie d'un léger mouvement qui la porte vers la terre. Néanmoins la main doit toujours être portée horizontalement. Dans les cas d'usurpation avec violence, un mouvement ferme la main.

2° Nous trouvons encore dans cette pose l'idée d'universalité, de nivellement, de destruction, de surface, d'étendue, de protection, de couverture, de domination ; mais le mouvement qui l'accompagne doit porter chacune de son côté les mains rapprochées au commencement du geste.

3° Si, dans cette pose, vous lancez vos mains vers le ciel, vous aurez : élévation, essor.

4° Vers la terre, vous aurez écrasement, abaissement, chute, choc, accablement, etc.

5° Lancées en avant, votre geste déléguera, rejettera, etc.

6° Si, dans cette pose, vous décrivez une courbe avec vos mains légèrement inclinées vers vos doigts, vous rendrez toutes les idées de capacité, de volume, d'entourage, de rondeur, d'harmonie, de réunion, etc.

Le mouvement qui accompagne cette pose sépare les mains en sens contraire, et peut aussi les rapprocher une fois séparées.

Ce geste exprimera les idées de mobilité des liquides par exemple, d'emphase, etc.

7° En mouvements saccadés ou en forme d'ondulations, vous exprimez les idées de marche, d'ondulation, de pénétration, etc.

Le mouvement porte la main en avant ou par côté en conservant toujours la pose de ce principe.

QUATRIÈME POSE-PRINCIPE.

1° La face palmaire regardant le ciel nous donne l'aimable geste du cœur, puisque c'est là cette pose qui sert à manifester ce qu'il y a de sentiments nobles dans l'âme.

C'est elle que prend l'homme quand il prie, quand il conjure, quand il implore ; c'est elle que prennent la tendresse, la pitié, la compassion, l'amour, la miséricorde, la joie. Elle est, en un mot, cette pose, la compagne de tous les sentiments expansifs de l'âme; elle propose encore, expose, reçoit, prend en fermant la main, etc.

Dans la prière, il en est qui conseillent de tenir les mains croisées sur la poitrine ; cette pose, selon nous, est plutôt celle du recueillement que celle de la demande.

2° Dans cette pose, portez vos mains chacune de son côté, vous aurez évidence, étendue, etc.

Cette pose obtenue, haussez les épaules, vous aurez doute, ignorance, étonnement, etc.

3° Si vous lancez votre main en avant en l'ouvrant, vous donnerez, vous déléguerez, vous abandonnerez, vous rejetterez, etc.

4° Conservant la pose de la prière, si vous portez, à une ou plusieurs reprises, vos mains vers les épaules pour leur donner aussitôt même pose, vous énumérerez, vous réitérerez ; c'est uniquement la répétition du 1°.

5° Si dans cette pose vous imprimez à vos mains un mouvement qui les porte en haut, vous exprimerez les idées d'allégresse, de jubilation, d'exaltation, d'excitation, de courage, de retentissement, de production, et en général toutes les idées qui marquent mouvement de bas en haut.

CINQUIÈME POSE-PRINCIPE.

La face palmaire tournée du côté du bras qui agit, produit, avec le mouvement qu'on lui imprime, un geste qui s'oppose avec mépris, avec rage.

Cette pose rebute, écarte, ouvre, détruit, nie, disperse, etc. Selon les cas, le mouvement imprimé est plus ou moins violent.

SIXIÈME POSE-PRINCIPE.

La face palmaire dirigée du côté de la main qui n'agit pas donne un geste qui délaisse, jette, abandonne, refuse, dispense, détruit, etc.

Le mouvement qui doit accompagner cette pose porte la main du côté qui n'agit pas.

Cette pose rend avec moins d'énergie, de véhémence, les idées qui lui sont communes avec le principe précédent.

Nota. — Le mélange des deux poses donne un geste magnifique, exprimant les mêmes idées que précédemment. Ce geste consiste à porter les deux mains du même côté,

SEPTIÈME POSE-PRINCIPE.

Pose indicative.

1° Cette pose, qui indique généralement le temps, les objets, les personnes dont on parle, a son centre d'action dans le doigt appelé *index*. Aussi ce doigt doit-il être isolé dans son geste. On tiendrait les autres légèrement inclinés.

2° Cette pose avec un mouvement qui porte la main en avant indique les idées de pénétration.

3° Si le mouvement est en zigzag, nous avons les idées de circulation.

CLASSIFICATION DES GESTES

On peut diviser les gestes en trois classes : 1° petits gestes; 2° gestes moyens; 3° grands gestes ou gestes des passions.

---

§ 1. — PETITS GESTES.

Les petits gestes, qui commencent au poignet pour se terminer à l'extrémité des doigts, ne se font qu'avec la main. Le bras n'est point ici mis en action. Voici la pose que vous devez avoir :

Tenez votre bras appuyé sur votre côté et votre main négligemment posée sur le bas de votre poitrine. Dans cette attitude vous pourrez, selon ce que vous direz, employer le principe qui rendra votre pensée.

§ 2. — GESTES MOYENS.

Les gestes moyens, qui partent du coude pour se terminer à l'extrémité des doigts, ne sont produits que par l'avant-bras et la main. On tient son humérus ainsi que son coude légèrement appuyés sur le côté, pendant que le reste du bras est en action. Lorsqu'on ne gesticule pas, on met toujours la main sur le bas de la poitrine, comme nous l'avons recommandé au paragraphe précédent. Cette observation est uniquement une question de goût.

2.

§ 3. — GRANDS GESTES OU GESTES DES PASSIONS.

Les grands gestes ou gestes des passions partent de l'épaule pour se terminer à l'extrémité des doigts. Dans ces gestes, les trois parties qui concourent à l'action : l'humérus, l'avant-bras et la main, sont en mouvement.

Dans l'inaction, on tient l'avant-bras appuyé sur le côté et la main sur le bas de la poitrine, ainsi que nous l'avons déjà dit.

GESTES DE MOTS, GESTES DE PENSÉES.

Quelquefois une pensée, un sentiment nous sont manifestés par un seul mot ou par plusieurs mots, et même par des phrases entières. Le geste qui accompagnera cette pensée, ce sentiment exprimés par un ou plusieurs mots ou par des phrases ne devra pas être le même quant à la durée. Il suit de là que nous distinguons deux sortes de gestes : les gestes de mots et les gestes de pensées.

Le geste de mots doit se faire quand on prononce le mot qui l'exige pour se terminer avec celui-ci. Il en est autrement pour le geste de pensée ou pose soutenue. Ici, l'on peut garder la pose obtenue par un geste terminé, ou répéter, selon le besoin, ce même geste, tant que la pensée dure, ou du moins tant que l'orateur en prononce le saillant. Il est bon et même utile de s'exercer à cette dernière sorte de gestes. Soutenir son geste ou la pose obtenue, c'est toujours être en action, c'est attaquer son auditeur avec deux armes : la voix et l'attitude que donne le mouvement. Ainsi l'on se fraye une voie pour pénétrer dans son cœur et triompher plus aisément de son endurcissement et de son obstination.

Ici se présente naturellement une question.

Peut-on et doit-on faire beaucoup de gestes ?

Pour l'exorde on conseille généralement d'être sobre en gestes. C'est aussi là notre avis. Toutefois, dans un exorde véhément, on peut en faire assez, eu égard à la matière, les soutenir même. Hors ce cas, on aura soin de ne pas trop les multiplier, et l'on se contentera de n'employer que ceux des deux premières classes. Néanmoins l'orateur pourra les soutenir toujours, selon les circonstances. Dans le reste du discours, employez souvent les petits gestes et les gestes moyens, principalement dans vos raisonnements, dans vos expositions, réservant les grands gestes pour les grands mouvements. Si vous avez le talent de soutenir vos gestes, la pose obtenue, convenable à ce que vous débitez, vous empêchera de trop multiplier vos mouvements, et par là vous satisferez ceux qui crient qu'on gesticule trop.

Il me semble qu'à ce sujet on pourrait faire encore une considération : c'est que les individus qui n'ont pas reçu de la nature le don d'imprimer à leur action ce quelque chose qui nous transmet vivement les sentiments, la profonde émotion de leur âme, doivent, dans leur débit, être plus sobres en gestes et se contenter de tenir les poses indiquées dans leur classification. Ils pourront cependant se livrer à l'action dans les principaux mouvements, sans oublier de soutenir les gestes qu'ils feront, autant que la matière l'exigera.

Quant à ceux qui sont doués de la facilité de

transmettre par l'action ce qu'ils sentent, on peut, à mon avis, leur tolérer plus de gestes ; et cela, parce qu'ils ne fatigueront pas l'auditeur, vu qu'en eux les gestes sont toujours parlants. D'autres, peut-être, conseilleront le contraire ; mais je répondrai par l'adage suivant : Affaires de goût, point de disputes.

POSE DES MAINS DANS L'INACTION.

Comment l'orateur doit-il tenir ses mains lorsqu'il ne fait pas de gestes?

Ou l'orateur est assis, ou bien il est debout. (Il est bon de remarquer ici que j'applique tout ce que je dis à l'orateur chrétien.)

Dans le premier cas, il se tient un peu incliné sur la chaire, où repose son bras gauche, dont la main peut pencher négligemment en dehors. Quant au bras droit, l'orateur le tiendra dans la même position que pour les gestes moyens, supposé toutefois que son buste soit tout près du bord de la chaire. S'il en était quelque peu distant, il appuyerait son avant-bras sur l'accoudoir, tenant la main élevée et gracieusement entr'ouverte.

Si l'orateur est debout, il peut laisser tomber ses mains hors de la chaire ou les laisser reposer sur l'accoudoir. Pour moi, je préfère que la main gauche repose seule sur la chaire, et que la droite soit appuyée sur la poitrine, selon que nous l'avons dit dans les gestes moyens. Je trouve un air plus dispos, plus dégagé dans cette pose, que vous reprenez encore dès que le geste cesse. Comme on le voit cette question n'est encore qu'une affaire de goût.

MAIN GAUCHE.

Tout ce que nous avons dit jusqu'ici sur le geste ne s'applique principalement qu'à la main droite, quoiqu'il y ait bien des choses qui soient communes aux deux mains. Aussi allons-nous maintenant nous occuper ici d'une manière particulière de la main gauche.

Règle générale. La main gauche ne gesticule presque jamais seule. Cependant il est une circonstance où l'orateur peut l'employer avec avantage, c'est lorsqu'il fera un geste de mépris, de rebut, geste qui consiste à porter la main vers la poitrine ou du côté droit pour la lancer du côté gauche, la face palmaire disposée comme nous l'avons dit dans le cinquième principe. Ce cas excepté, la main gauche ne sera généralement mise en mouvement que pour accompagner la droite, dont elle exécutera toutes les poses.

D'où il suit que la main gauche peut être mise en action :

1° Dans tous les cas de la première pose-principe ;

2° Dans tous ceux de la seconde ;

3° Dans tous ceux de la troisième ;

4° Dans tous ceux de la quatrième ;

5° Dans tous ceux de la cinquième. Ici, nous aurons les deux mains rapprochées en face de la poitrine, qui se sépareront, lancées qu'elles seront en sens contraire.

6° Dans tous les cas de la sixième.

Pour les gestes indicatifs, la main droite agit ordinairement toujours seule, sauf le cas d'effroi ou de quelque grand sentiment qui survient à la vue de quelque objet qu'on indique.

Lorsqu'on vient de faire ces différents gestes, on peut aussi retirer la main gauche sur le bas de la poitrine, comme on le fait pour la main droite, ou bien la laisser reposer sur la chaire.

Dans les petits gestes et les gestes moyens, la main gauche est pareillement employée, mais pas aussi souvent que dans les grands gestes. On pourra donner au bras gauche même pose qu'au bras droit, comme nous l'avons établi au classement des gestes.

CESTE OU EXPRESSION DU VISAGE.

Cette question est d'autant plus difficile à traiter que les nuances qui différencient l'expression du visage que revêtent les différentes passions sont délicates et presque imperceptibles. Cependant nous pouvons donner une idée plus ou moins explicite des divers gestes que produit le visage.

Nous avons déjà dit que les sept poses-principes établis renfermaient toutes les idées, tous les sentiments susceptibles d'être produits par le geste; par là j'ai donné à comprendre qu'il y avait des sentiments que les gestes ne pouvaient rendre. Oui, ce qui est passion, ce qui est sentiment se traduit généralement par la voix et le geste du visage. Pour vous donner la facilité de reconnaître l'attitude que requiert la passion, je vais donner deux principes qui vous guideront dans cette étude.

Je distingue deux principes : l'*expansion* et la *concentration*.

En effet, on peut attribuer à deux causes les passions de notre âme : le plaisir et la douleur, ou, en d'autres termes, l'amour et la haine, sont les mobiles de nos passions, car elles nous portent à aimer et à rechercher ce qui nous paraît capable de nous donner de la satisfaction, ou à détester et à fuir ce qui peut nous causer de la douleur. L'amour et toutes les passions qu'il engendre sont expansives, c'est-à-dire que dans ses sensations l'âme se dilate et cherche à se répandre extérieurement; tandis que la haine et toutes les passions dont elle est la mère sont concentriques, c'est-à-dire que l'âme étant dans

3

la souffrance se concentre, se resserre, au lieu de s'épanouir.

Or, comme tous les sentiments agréables et pénibles se traduisent sur notre corps, il suit de ce que nous venons de dire que l'organe extérieur qui reproduit la passion doit subir les mêmes lois que subit intérieurement l'âme. Ainsi l'âme éprouve-t-elle un sentiment agréable, elle se dilate ; en se reproduisant sur notre corps ce sentiment fait dilater, épanouir aussi l'organe chargé de le révéler. L'âme éprouve-t-elle un sentiment pénible, elle se resserre. Pareillement, la partie de notre corps par laquelle se manifeste ce sentiment pénible se resserre, se contracte. D'où nous pouvons conclure que tous les mouvements du visage, partie où se révèle spécialement le sentiment, tendront à l'épanouir ou à le concentrer. De là l'*expansion* et la *concentration*, deux principes naturels et vrais qui président au geste ou expression du visage de l'orateur.

PASSIONS EXPANSIVES

Amour.   *Espérance.*
Admiration.   *Tendresse.*
Orgueil.   *Respect.*
Joie.

L'Admiration veut le visage légèrement épanoui, la tête élevée, de gros yeux, la bouche entr'ouverte.

L'Orgueil, qui n'est autre chose que l'amour de soi-même, a le visage plus ou moins épanoui, selon l'intensité du contentement intérieur, le regard dominateur, la tête haute.

C'est à peu près là aussi l'attitude du commandement, du défi, etc.

Dans la Joie, les yeux sont vifs, le visage dilaté, le rire va jusqu'aux éclats, des larmes coulent en abondance, selon les tempéraments.

La joie plus douce a le visage moins épanoui, un léger sourire voltige sur ses lèvres, et quelquefois une larme suspendue à sa paupière roule le long de ses joues.

L'Espérance, cette consolatrice de l'humanité souffrante, avance sa tête et ses lèvres comme pour saisir l'objet désiré; le regard, chez elle, est quelquefois vif, quelquefois tendre.

La Tendresse joint à un visage légèrement épanoui un regard noyé quelquefois dans les pleurs.

Le Respect se manifeste surtout par les yeux modestement baissés; les joues sont légèrement épanouies.

On voit par ce que nous venons de dire que les passions expansives ont pour base dans leur manifestation extérieure l'épanouissement du visage; semblable opération se produit dans l'âme.

———

PASSIONS CONCENTRIQUES.

Haine.   *Colère.*
Vengeance.   *Mélancolie.*
Crainte.   *Douleur.*

La Vengeance a ses lèvres contractées et en

palpitation, le regard de travers et menaçant, caché sous le sourcil froncé.

La Crainte tourne la tête vers la droite ou vers la gauche. Elle a la partie de la joue qui est près du nez fortement contractée.

Dans la Douleur, la bouche est entr'ouverte, le regard terne, et des larmes quelquefois arrosent des joues légèrement contractées.

La Colère a les joues contractées, les yeux enflammés, des contorsions s'opèrent dans la bouche; et si la colère est grande, il y a même des grincements de dents.

La Mélancolie a les yeux sans vigueur, la partie de la joue rapprochée du nez légèrement contractée, la tête un peu courbée.

Les passions concentriques dans leur manifestation extérieure ont donc pour base la contraction des muscles du visage. Semblable opération a lieu dans l'âme lorsqu'elle est affectée d'un sentiment pénible.

COMPOSITIONS RENDUES EN GESTES.

Avoir appris avec leur signification respective les principales positions que notre main peut prendre dans l'action, avoir une connaissance des différentes formes que revêt la passion, voilà le fruit que nous avons pu recueillir de nos études et de nos observations. Je voudrais maintenant, par l'application de tous ces principes, introduire l'élève dans une nouvelle étude, d'autant plus utile qu'elle exerce ses facultés intellectuelles, son goût, tout en le familiarisant avec le geste. Cette étude consiste à faire l'analyse des pensées et des sentiments qui se trouvent dans une composition, et à s'évertuer à les exprimer par le geste, d'après les règles préétablies. Nous allons donc commencer par nous essayer sur la belle prière de saint Bernard, adressée à la plus pure des vierges, prière qui n'est pas inconnue à votre esprit et moins encore à votre cœur.

PREMIER EXERCICE.

« *Memorare*, o piissima Virgo Maria, non

esse auditum a sæculo quemquam ad tua currentem præsidia, tua implorantem auxilia, tua
petentem suffragia esse derelictum.

«Ego tali animatus confidentia, ad te, Virgo virginum mater, curro, ad te venio, coram
te gemens peccator assisto.

« Noli, Mater Verbi, verba mea despicere,
sed audi propitia et exaudi. »

Qu'est-ce que cette composition? Une prière,
un sentiment à la fois expansif et concentrique
de l'âme, qu'exhale le cœur d'un enfant vers
une mère aimant, avec un plaisir toujours nouveau, à répandre sur ceux qui l'invoquent ses
bienfaits et ses grâces.

Sa pose générale sera donc celle du quatrième principe, qui veut que la face palmaire
regarde le ciel. Cependant, si dans la prière se
trouve quelque mot, quelque idée qui demande
une autre pose, nous devons la prendre .Cette
idée, ce mot terminés, nous reprenons la pose
de la prière, parce qu'il y a toujours l'idée générale à soutenir.

« *Memorare, o piissima Virgo Maria, non esse auditum a sæculo quemquam ad tua currentem præsidia, tua implorantem auxilia, tua petentem suffragia esse derelictum.* »

En prononçant *memorare* jusqu'au mot *quemquam*, que la face palmaire regarde le ciel. *A quemquam*, rapprochez des épaules, vos mains légèrement recourbées, pour les remettre dans la position qu'elles avaient, lorsque vous dites *ad tua currentem præsidia.* Vous répétez ce dernier geste, lorsque vous prononcez *tua implorantem auxilia;* vous en faites autant aux mots *tua petentem suffragia.* Ce geste, ainsi répété trois fois, exprime l'énumération que fait le chrétien des diverses faveurs qu'il a vu être demandées à Marie par d'autres, comme lui, dans quelque nécessité.

Le sentiment qu'éprouve l'âme du pécheur pendant cette prière est un sentiment de douleur. Cependant, à travers ce malaise, on voit rayonner l'espérance. Oui, son cœur est rempli d'amertume à la vue de ses iniquités; mais on lui a dit que Marie n'avait rejeté jamais un enfant qui revient de ses égarements, et ce doux souvenir lui inspire quelque confiance que lui aussi sera exaucé.

D'où il résulte que l'expression du visage doit nous reproduire ce mélange de tristesse et d'espérance. Ce qui doit dominer dans cette expression, c'est la souffrance, passion concentrique. Dès lors il faut que la partie des joues qui est près du nez se contracte. L'espérance, passion expansive, se manifestera par un tendre et amoureux regard, dirigé vers le ciel ou vers l'image de Marie.

Esse derelictum. Vous pouvez, à ces mots, vous servir du geste indiqué dans le cinquième principe, ou même de celui qui se trouve dans le 3° du quatrième. Dans le premier cas, tenant la face palmaire du côté de la main en action, vous la lancez de son propre côté. Dans le second, vous donnez à votre geste, qui est semblable à celui qui rend *ad tua currentem præsidia*, un peu plus de force que vous ne lui en avez donné précédemment. Vous pouvez encore vous servir du geste indiqué dans le 4° du troisième principe ; mais alors vous rendrez avec l'idée d'être abandonné, celle d'être écrasé, abîmé.

3.

Dans tous ces gestes vous pouvez accompagner de la main gauche votre droite, selon que vous le jugerez convenable.

Vous n'avez, pour le visage, qu'à courber un peu votre tête et à diriger le regard vers la terre, du côté opposé au geste.

« *Ego tali animatus confidentia ad te, Virgo virginum mater, curro, ad te venio, coram te gemens peccator assisto.* »

A ces mots : *Ego tali animatus confidentia,* vous laissez reposer la face palmaire sur votre poitrine, comme le demande le second principe. Vous remettez vos mains dans la pose de la prière, quand vous dites : *Ad te, Virgo virginum mater, curro.* Le mouvement que vous donnez à vos mains portées en avant signifie l'empressement que vous mettez à vous rendre auprès de votre mère, tendre objet de votre amour ; et pour lui exprimer encore plus fortement combien vous ne soupirez qu'après elle, vous lui dites une seconde fois que c'est vers elle que vous allez et non vers tout autre : *Ad te venio.*

L'expression du visage est encore ici ce mélange de tristesse et d'espérance, comme nous l'avons déjà dit plus haut.

Comment le chrétien ira-t-il vers Marie? Quelle sera son attitude en sa sainte présence? Entendez-le : *Coram te gemens peccator assisto.* Que d'idées! que de beaux sentiments renfermés dans ce peu de mots! Je vois ici un pécheur écrasé sous la masse énorme de ses iniquités; je vois un enfant qui, résistant sans cesse au doux attrait de la grâce que la main d'une mère, pour se l'attirer, répandait sur lui avec profusion, cède à la fin aux tendres sollicitations de l'amour maternel, tout rempli de confusion de sa vie passée et de sa résistance opiniâtre. Au souvenir de son ingratitude, il n'ose jeter un regard sur celle qu'il a si souvent contristée par son obstination. Il gémit, il soupire, ne répond que par des sanglots aux reproches que lui fait sa conscience : *Gemens.* Il s'avoue pécheur; désormais plus de cette fierté, de cet orgueil avec lequel il bravait tous les traits de la grâce, mais, humble et tout honteux de lui-même, il tombe aux pieds de Marie.

Il faudra ici que votre attitude exprime une

humble soumission, un cœur contrit jusqu'aux larmes.

La position que vous teniez avant ces mots · *Coram te gemens peccator assisto*, étant celle de la prière, vous la soutenez encore jusqu'au mot *gemens*. Là, penchant votre tête, avec des yeux noyés dans les pleurs, vous prenez la pose du 1° du troisième principe, qui consiste à tourner la face palmaire vers la terre. A peine aurez-vous tourné vos mains, vous les laisserez tomber de tout leur poids. Ce défaut d'énergie qui se retrouvera dans ce geste, nous fera comprendre que toutes vos forces sont absorbées par la douleur qui déchire votre âme. De plus, la face palmaire regardant la terre au commencement du geste nous rend très-bien l'idée de soumission, de résignation, de stabilité dans cette nouvelle vie où vous entrez résolûment : *Peccator assisto*.

« *Noli, Mater Verbi, verba mea despicere, sed audi propitia et exaudi.* »

Le pécheur se souvient qu'il a offensé mille fois la meilleure des mères, en refusant d'entendre sa voix qui l'appelait à une vie toute pure, toute chrétienne ; il se souvient qu'il s'est fait un plaisir barbare de la voir dans la tristesse, dans l'amertume que lui causait son éloignement. Dans ces diverses pensées dont son esprit est rempli, il semble redouter que, pour le punir, Marie, à son tour, ne ferme l'oreille à ses douloureux accents ; il lui semble qu'elle aussi ne se complaise à le voir dans la souffrance. Toutefois, le pécheur se souvient que Marie est mère, il se souvient qu'elle a un fils qui n'a su que pardonner ; que ce fils a prié même son père pour ceux qui l'attachaient à un infâme poteau, qu'il a répandu tout son sang, sang réparateur, puisé dans le sein de celle dont il implore le secours ; aussi la confiance se ranime de plus en plus dans son âme abattue ; il va lui rappeler qu'elle est mère de Celui qui a fait tant de sacrifices pour sauver le pécheur : *Noli, Mater Verbi*, oui, Mère du Verbe, Mère de Jésus-Christ, qui a voulu être crucifié pour me racheter de l'enfer, achevez en ce moment ce que votre fils a commencé. Ne rejetez pas la prière d'un enfant ingrat qui revient à vous dans toute la sincérité de son cœur, mais exaucez-là : *Noli Mater Verbi, verba mea despicere ; sed audi propitia et exaudi.*

Comme c'est la prière qui continue, 'tenez l'attitude qu'elle demande jusqu'aux mots : *Verba mea despicere,* dont vous rendez l'idée par le cinquième principe, geste qui rejette. En prononçant *audi propitia,* rapprochez des épaules vos mains légèrement fermées, auxquelles vous donnez au même instant la pose de la prière. Ce geste est répété au mot *exaudi.*

L'espoir d'être exaucé par Marie augmentant dans l'âme du pécheur, le regard doit être plus animé et 'la tête plus avancée.

DEUXIÈME EXERCICE.

Hélas ! l'état horrible où le ciel me l'offrit
Revient à tout moment effrayer mon esprit.
De princes égorgés la chambre était remplie ;
Un poignard à la main, l'implacable Athalie
Au courage animait ses barbares soldats
Et poursuivait le cours de ses assassinats.
Joas, laissé pour mort frappa soudain ma vue
Je me figure encor sa nourrice éperdue,
Qui devant les bourreaux s'était jetée en vain,
Et, faible, le tenait renversé sur son sein.

Je le pris tout sanglant. En baignant son visage,
Mes pleurs du sentiment lui rendirent l'usage,
Et soit frayeur encore, ou pour me caresser,
De ses bras innocents je me sentis presser.

(Athalie.)

Pour démontrer que mes poses-principes ne sont qu'une manifestation vraie et naturelle de ce qu'éprouve l'âme dans la situation où je la suppose, je ne m'occuperai point ici de faire ressortir les pensées, les sentiments divers qui se trouvent dans cette composition ; je ne ferai qu'indiquer les mots qui doivent être exprimés dans l'action et les poses-principes qui les rendent. A vous de juger de la vérité que j'avance.

L'expression du visage est celle de la tristesse, de la douleur.

Dans le premier vers, pour rendre *offrit*, portez votre face palmaire en avant, et séparez en sens contraire vos mains. (1° de la première pose-principe.) Le geste fini, conservez la pose obtenue jusqu'au mot *effrayer*. Ici vous poussez vos mains en avant pour rejeter ce qui vous effraye. (3° de la première pose-principe.) Vous pourriez encore imprimer à vos mains un mouvement qui les portât chacune de son côté ; ce qui indique l'effort continuel de Josabeth pour écarter ces funestes images. (2° du cinquième principe.)

Au troisième vers, dirigez la face palmaire vers la terre, et, séparant les mains en sens contraire, décrivez une courbe. Vous aurez par ce geste bien rendu tous ces cadavres entassés dans la chambre. (6° du troisième principe.)

Pendant que vous prononcez le quatrième vers, vous laissez tomber lentement la main gauche. Arrivé à *main*, vous levez votre droite la face en avant, pour la pousser dans le même sens au mot *animait*, geste que vous renouvelez à *cours*. (3° du premier principe.)

A *Joas*, vous tenez vos deux mains, la face regardant le ciel ; vous les repliez vers vous au mot *frappa* pour les étendre à *soudain ma vue*. (1° et 4° du quatrième principe.)

Au commencement du vers : *Je me figure...*, vous séparez en sens contraire les mains, qui ont la pose précédente. Ce geste rend l'étendue du carnage qui est dans l'esprit de Josabeth. (2° du quatrième principe.)

A *bourreaux*, vous changez de pose; vous portez votre face palmaire en avant en poussant vos mains à *s'était jetée* dans cette même direction. Par là vous reproduisez l'action de la nourrice qui se jette devant les bourreaux inhumains. (3° du premier principe.)

Pour exprimer la faiblesse de Joas, vous laissez tomber négligemment vos mains, de manière que votre face palmaire regarde devant vous, puis vous les portez sur votre cœur à *renversé*, de sorte qu'au mot *sein* elles y arrivent. (3° du second principe.)

Je le pris... Ici vous tenez vos mains regardant le ciel avec leur intérieur. (1° du quatrième principe.) Arrivé à *lui rendant l'usage*, vous lancez vos mains en avant. (3° du quatrième principe.)

Conservant même pose vous continuez. *Et soit frayeur.....*; quand vous prononcerez *Je me sentis presser*, vous portez vos mains sur votre poitrine. (3° du second principe.)

TROISIÈME EXERCICE.

Imitution du Psaume XLV.

N'espérons plus, mon âme, aux promesses du monde ;
Sa lumière est un verre, et sa face est une onde,
Que toujours quelque vent empêche de calmer.
Quittons ces vanités, lassons nous de les suivre :
     C'est Dieu qui nous fait vivre,
     C'est Dieu qu'il faut aimer.

En vain pour satisfaire à nos lâches envies,
Nous passons près des rois tout le temps de nos vies,
A souffrir des mépris, à ployer les genoux.
Ce qu'ils peuvent n'est rien ; ils sont comme nous sommes,
     Véritablement hommes,
     Et meurent comme nous.

Ont-ils rendu l'esprit, ce n'est plus que poussière
Que cette majesté si pompeuse et si fière,
Dont l'éclat orgueilleux éclairait l'univers,
Et dans ces grands tombeaux où leurs âmes hautaines
     Font encore les vaines
     Ils sont rongés de vers.

Là se perdent ces noms de maîtres de la terre,
D'arbitres de la paix, de foudres de la guerre.

Comme ils n'ont plus de sceptre, ils n'ont plus de flatteurs,
Et tombent avec eux, d'une chute commune,
  Tous ceux que la fortune
  Faisait leurs serviteurs.

(MALHERBE.)

L'expression du visage doit indiquer la fierté, le mépris; c'est l'attitude d'un saint orgueil.

Au mot *promesses*, vous lancez votre main droite en avant, la face palmaire regardant le ciel. (3° du quatrième principe.) Soutenez la pose acquise jusqu'à *sa face*. Là, que votre face palmaire regarde en avant, les doigts dirigés vers le ciel; imprimez à votre main un mouvement tel que si vous décriviez de petits cercles. Ce geste exprimera deux idées : celle de face et celle de mobilité de l'onde. Ce mouvement doit être soutenu jusqu'au mot *calmer* inclusivement. (1° du 1er principe.)

Accompagnez *quittons ces vanités* d'un geste qui porte la face palmaire du côté de la main qui agit (cinquième principe), pour la porter du côté gauche aux mots *lassons-nous de les suivre*. (Sixième pose-principe.)

Vous rendez *c'est Dieu*, en accompagnant d'un léger mouvement du haut en bas votre main, dont la face regarde horizontalement le sol. Vous répétez ce geste au second *c'est Dieu*. (1° du troisième principe.) D'autres préféreront dans les deux cas le geste indicatif. (Septième principe.) La première pose-principe rend l'idée de la vérité énoncée qu'on établit, qu'on affirme, tandis que la septième n'est qu'un geste indicatif du mot *Dieu*.

Arrivé à *satisfaire*, vous lancez votre main en avant comme pour donner ou jeter quelque chose d'abject, votre face palmaire tournée vers le ciel. (3° du quatrième principe.)

Portez votre main du côté gauche, aux mots *nous passons*. (Sixième principe.)

Afin d'exprimer l'idée de chute, renfermée dans à *ployer les genoux*, vous accompagnez votre main, dont l'intérieur est tourné vers la terre, d'un mouvement de haut en bas. (4° du troisième principe.)

N'est rien, ici, portez votre main du côté du bras qui n'agit pas. (Sixième principe.)

Aux mots *comme nous sommes*, que votre

main soit sur votre poitrine. (1° du second principe.) Jetez votre main à *meurent* du côté de celle qui n'agit pas. (Sixième principe.)

Ont-ils rendu l'esprit, vous lancez en avant votre main, qui de sa face regarde le ciel. (3° du quatrième principe.) *Ce n'est plus que poussière* doit s'exprimer en jetant la maiñ du côté de celle qui n'est pas en action. (Sixième principe.)

Pendant que vous prononcez *que cette majesté si pompeuse et si fière dont l'éclat orgueilleux*, écartez vos mains, dont la face est tournée vers la terre, en sens contraire. En les séparant, vos mouvements seront tels que vous décriviez des courbes d'une manière ascendante. (6° du troisième principe.) Vous gardez cette pose jusqu'au mot *éclairait*, où vous rapprochez vos mains, dont l'intérieur regarde en avant, pour les séparer aussitôt en sens contraire. (1° du premier principe.)

Et dans ces grands tombeaux, au mot *ces*, indiquez le sol avec l'index. (Septième principe.) Vous soutenez encore la pose indicative en prononçant les mots qui suivent.

A *Ils sont* vous répétez le geste indicatif qui porte de haut en bas votre main, dont l'intérieur regarde la terre. Ce geste a deux idées : l'une d'indication, l'autre de confirmation. (1° du troisième principe et septième principe.)

Dans les deux vers suivants vous prenez la position indicative. Vous rendez *Ils n'ont plus de flatteurs* en lançant votre main droite du côté gauche (sixième principe) ; puis vous la portez horizontalement vers la terre, accompagnée d'un mouvement de haut en bas, afin d'exprimer *tombent avec eux.* Vous soutenez la pose acquise jusqu'à *faisait.* Ici vous lancez votre main du côté gauche pour rejeter une condition que vous méprisez. (Sixième principe.)

DE LA VOIX.

ONCTION.

L'onction, qui a son principe dans le cœur, est ce quelque chose que nous ne pouvons pas exprimer, mais que nous sentons quand l'orateur qui possède ce don nous parle, nous instruit. C'est le caractère des passions douces. C'est par l'onction que l'orateur nous touche, s'empare de notre volonté et la détermine sans peine à faire ce qu'il nous commande. Il n'est pas donné à tout le monde de posséder ce don précieux ; rares sont ceux que la nature en a gratifiés abondamment. Mais peut-on par l'exercice en acquérir une certaine dose? Je ne le pense pas pour certains. On peut développer ce talent, si nous l'avons en naissant, voilà tout. Je m'explique :

L'onction, dont le siége est dans le cœur, a besoin d'un instrument pour se révéler; or cet instrument est l'organe de la voix pour l'orateur. Donc l'onction dépendra de la facilité que possédera cet organe à transmettre les sensations qu'éprouve notre âme.

En effet, dans le commerce de la vie, combien d'hommes ne trouvons-nous pas dont le cœur, embrasé de ce beau feu qu'allume la charité apostolique, rend capables des actions les plus sublimes, les plus héroïques? Entendez-les cependant parler en public : pas d'onction dans leur langage; ils sont dans l'impuissance de vous transmettre les sentiments que leur âme éprouve si vivement. On ne peut pas dire d'ailleurs que leur cœur soit glacé, qu'ils ne soient pas dévorés du zèle des apôtres. Leur vie édifiante, toujours la même, leur amour ardent pour le bien démentiraient bien hautement l'opinion défavorable que nous aurions conçue à leur égard. A quoi donc imputer cette froideur repoussante? Au défaut de facilité pour transmettre leurs sensations par l'organe de la voix. Ainsi plus vous posséderez la facilité de transmettre vos sentiments par la voix, plus vous aurez de l'onction. Je puis donc définir l'onction oratoire : *la facilité de manifester par l'organe de la voix ce que nous sentons.*

D'où je conclus que pour les personnes qui possèdent cette facilité de transmettre, l'intensité de leur onction sera en rapport direct avec l'intensité de leur sentiment ; et, comme l'orateur chrétien ne peut sentir vivement ce qui est de Dieu que tout autant qu'il sera nourri de Jésus-Christ et des vertus qu'ils nous ordonne de pratiquer, je puis donc ici m'écrier avec vérité : Orateurs chrétiens, formez-vous à la vertu, à la piété par les saintes méditations, car dans vos discours vous aurez d'autant plus d'onction que votre cœur sera plus nourri de cette véritable et solide piété qui dans chaque siècle a embrasé le cœur de tant d'apôtres dont le succès, dans la conversion des peuples, remplit notre âme d'étonnement et va presque jusqu'à nous décourager dans cette glorieuse entreprise où nous sommes tous appelés par le divin Jésus.

Les voix qui se prêtent le plus à l'onction sont les voix hautes et douces. On remarque que la femme a plus de cœur, parce qu'elle est plus douée que l'homme de cette facilité de transmettre. Des voix fortes et mâles réussissent pour le genre dramatique.

TONS DU DISCOURS.

J'appelle ici ton un genre de débit qui convient à certaines compositions qui ont quelque ressemblance par la nature de leurs pensées et de leurs sentiments.

Nous pouvons distinguer trois genres de débit ou tons principaux :

1° Genre familier ou ton de causerie, de démonstration, d'exposition, de raisonnement ;

2° Ton doux ou genre onctueux ;

3° Ton véhément ou genre dramatique.

Ces tons peuvent se trouver dans tous les discours ; car il y a une vérité à prouver, à démontrer à exposer, des passions à exciter. On soulève les passions par les deux derniers genres ; le premier ne sert qu'à convaincre, qu'à persuader.

Il faut remarquer cependant qu'entre divers tons il peut y avoir certaines nuances exigées par la pensée ou le sentiment à produire, sans que pour cela le ton soit changé. Comme en architecture le style ne change point aussi, bien que le génie de l'artiste crée telle ou telle nuance pour varier et enrichir les ornements qu'admet chaque style.

C'est bon, pourrez-vous me dire, d'avoir classé sous trois chefs principaux les divers tons exigés par ce que nous sentons et par ce que nous pensons; mais comment en avoir une idée ?

Vous donner par écrit une idée exacte de ces tons, c'est chose difficile; il faudrait vous les rendre avec la voix. Mais voici quelques considérations qui peuvent vous guider dans cette étude.

TON FAMILIER OU DE CAUSERIE.

Avez-vous jamais entendu un de ces hommes à conversation facile, animée, variée quant aux inflexions de voix ? Vous avez senti, n'est-il pas vrai, un quelque chose qui causait de la satisfaction à tout votre être, qui vous ravissait en un mot, alors vous vous êtes dit à vous-même : Comme il cause bien, cet homme ! Oh, comme il parle agréablement ! Eh bien ! c'est-là, le modèle que vous devez chercher à imiter pour le premier ton. Ne croyez pas que ces modèles soient excessivement rares ; vous en trouverez parmi nos paysans, comme parmi les gens qui ont reçu une certaine éducation, qui ont fréquenté le beau monde. Vous n'avez qu'à être un peu observateur pour vous convaincre de ce que je dis là. La belle nature habite aussi bien sous une écorce grossière que sous une écorce fine et délicate.

Ce ton de causerie, le plus en usage dans le commerce de la vie, convient à l'exorde ordinaire, à l'exposition, à la narration. Je dis à l'exorde ordinaire, parce qu'il y a des exordes *ex abrupto*, comme le dit l'école, exordes qui appartiennent, par la nature de leurs sentiments, aux autres genres.

Pour la preuve ou la confirmation, il faudra une prononciation plus prompte, plus vive et plus pressante, un ton de voix plus étendu. Il faut surtout montrer de l'assurance, de la fermeté et de la conviction, particulièrement lorsqu'on est appuyé sur l'autorité de l'Église ou de la sainte Écriture. Vous ne sauriez croire le grand effet que produit sur les esprits la conviction, que Mirabeau appelait si bien la divinité dans l'éloquence. Ce plus ou moins d'énergie, de force dans la voix, est ce qui constitue les nuances du ton.

EXERCICE DU PREMIER TON.

« Je n'ai pas besoin de me confesser. Je n'ai rien à me reprocher.

« RÉP. C'est là le résultat de votre examen de conscience ! Mon cher ami, de deux choses

4.

l'une : ou bien vous êtes un homme exception-
nel, ou bien vous ne voyez pas clair dans votre
conscience.

« Et voulez-vous que je vous le dise franche-
ment ? Je suis sûr que vous êtes un homme semblable aux autres, et que la seconde hypothèse
seule est véritable.

« Vous n'avez rien à vous reprocher ? Exami-
nons un peu. — Ce serait singulier que je visse
plus clair que vous même !

« Où en êtes-vous, par rapport au bon Dieu ?
Vous m'avouerez que vous lui devez bien quelque chose ? il n'est pas pour rien votre créateur,
votre maître, votre père, votre fin dernière.

« L'adorez-vous ? — Le priez-vous chaque
jour ? — Le remerciez-vous de ses bienfaits ?
— Lui demandez-vous pardon des fautes que
vous commettez contre sa loi ?

« Celui qui doit-être la première occupation
de votre vie y entre-t-il seulement pour quelque
chose ? Les pauvres sauvages idolâtres ho-
norent leurs faux dieux. Et vous, qui connaissez
le Dieu vivant et véritable, ne vivez-vous point
comme s'il n'existait pas ? Voilà un point que

vous aviez mal examiné, lorsque tout à l'heure vous me disiez que vous n'aviez rien à vous reprocher, et que vous seriez embarrassé de trouver quelque chose à dire à monsieur le curé...
Vous avez fait tout ce qu'il faut pour faire une bonne et longue et solide confession. Vous avez d'une part bien des péchés, d'autre part, vous avez, je n'en doute pas, la bonne volonté. Vous connaissez quelque bon prêtre, qui va être charmé de vous recevoir et de vous pardonner au nom du bon Dieu. Allez donc le trouver et de bon cœur. Il n'y a que le premier pas qui coûte, la peine passe bien vite, la joie demeure. — Mais il y a si longtemps que je n'y ai été ! — Raison de plus, vous en avez plus besoin. — Mais j'en ai trop à dire. — Tant mieux, les gros poissons sont les meilleurs. Les confesseurs aiment bien mieux les grands pécheurs que les petits, dès qu'il se repentent. — Mais je ne me rappellerai jamais tout ! — Qu'est-ce que cela fait? Dites ce que vous vous rappelez; repentez-vous de tout, et Dieu, qui ne demande que la bonne volonté, vous pardonnera tout. Le repentir est le principal dans la confession.

« Allez vous confesser, croyez-moi. Vous verrez que vous serez heureux et enchanté quand vous aurez fini. Le vrai bonheur sur la terre, c'est la paix du cœur, fruit de la bonne conscience.

« — C'est ennuyeux de se confesser. — Aussi ne vous dit on pas d'y aller pour vous amuser. Tout ce qui est bon et utile n'est pas toujours amusant. Ce n'est pas amusant de travailler du matin au soir pour gagner sa vie, celle de sa famille, pour faire quelques économies que l'on retrouvera dans la vieillesse. Mais c'est utile, mais c'est nécessaire ; et l'on travaille quoique l'ouvrage soit dur, désagréable et pénible.

« Ainsi en est-il de la confession. C'est un remède, un remède désagréable, d'autant plus désagréable qu'on en a plus besoin ; mais c'est un remède nécessaire. Ce n'est pas pour m'amuser que je me confesse, c'est pour me préserver. »

DE SÉGUR.

« Rendons-lui cette justice : le jeune âge

aime surtout la sincérité et la franchise ; il va droit au but, et ne déteste rien comme la duplicité et l'hypocrisie. Eh bien ! quand le jeune homme s'éveille à la vie, que voit-il autour de lui ? Contradiction et inconséquence : c'est la confusion des langues, c'est un concert discordant, vrai concert infernal. L'un lui crie : Raison, l'autre lui crie : Foi ; ici on lui dit : Souffrir ; là on lui dit : *Jouir*, et bientôt tous en chœur lui répétent : De l'argent, mon fils, de l'argent ! Que voulez-vous que fasse une raison de dix-huit ans au milieu de cette confusion, avec des passions qui la tourmentent ?

Et encore, si du moins le foyer domestique était un abri contre cette confusion. Au contraire, elle apparaît la plus flagrante dans le père et dans la mère : C'est *unus œdificans* et *alter destruens*. — Sa mère prie, son père ne prie pas ; — sa mère se confesse, son père ne se confesse pas ; — sa mère va à la messe, son père n'y va pas : — dites, encore une fois, que voulez-vous qu'il fasse avec ses passions ? La raison lui dit que s'il y a une vérité, elle doit être la même pour tous ; que s'il y a une règle morale, elle doit régner sur tous; que s'il y a une religion, elle doit être la religion de tous. Alors il est tenté de penser qu'on lui joue une comédie, et que les mots vice, vérité et vertu ne sont que des mots reçus. » (MULLOIS)

La comédie et la fable sont autant d'exercices pour le premier ton.

TON DES PASSIONS.

TON DOUX. — TON VÉHÉMENT.

Ces deux tons renferment l'accent que prennent les différentes passions qui sont mises en jeu dans cette partie du discours que les rhéteurs appellent amplification.

On peut remuer les cœurs et les passions des hommes par différents tons de voix; car la nature, dit Cicéron, a donné à chaque passion son accent. Notre voix résonne comme les cordes d'une lyre au gré de la passion qui nous ébranle, et, comme tous les tons de l'instrument

varient sous la main qui le touche, ainsi l'organe de la voix produit des sons aigus et graves,
vifs et lents, hauts, et bas, et toutes les nuances
intermédiaires. De là naissent les différents
tons, doux ou rudes, rapides ou prolongés, entrecoupés ou continus, mous ou heurtés, affai-
blis ou pleins : toutes ces inflexions de la voix
ont besoin d'être employées avec art et ménage-
ment. Elles sont pour l'orateur comme les cou-
leurs qui servent au peintre à varier son tableau.

La même difficulté se présente ici pour vous
donner une idée exacte de l'inflexion de voix
que prend chaque passion. Soyez ému, vous
dirai-je, sentez vous-même ce que vous voulez
faire sentir aux autres; voilà une condition nécessaire ; mais cela ne réussit pas toujours
pour certaines organisations, comme nous l'a-
vons fait remarquer en parlant de l'onction. Il
faut une règle aussi pour diriger, pour mesurer
les cris si variés des passions ; il faut guider,
corriger souvent la nature brute pour former
en nous la belle nature.

De plus, qui peut se flatter en parlant à une

assemblée, qui est toujours la même, sur des sujets, graves il est vrai, mais qui reviennent sans
cesse, qui peut, dis-je, se flatter d'être toujours
embrasé de ce feu sacré qui électrise et l'orateur et l'auditeur? Nous ne sommes pas toujours maîtres de nos cœurs et de nos mouvements; il faut donc par l'art suppléer à ce que
la nature nous refuse, et ce sera en imitant l'accent de la passion pris dans la nature perfectionnée. Il faut l'avouer toutefois, il manquera dans
cette imitation le cachet de l'émotion vraie;
mais il ne sera pas donné à tout le monde de
le reconnaître; il n'y aura que l'œil exercé qui
pourra le distinguer ; car celui qui, par l'exercice, aura acquis quelque facilité pour imiter,
rendra bien plus fortement les émotions écrites
que bien d'autres qui sentiront réellement, lors
même que celui-là sera le moins ému. Si, dans
ces moments de froideur inévitables, l'orateur
ne touche pas, il plaira du moins; et par là
faisant foule, pourra toujours instruire de nos
redoutables mystères des peuples indifférents,
ignorant ce qu'il leur importe le plus de connaître. Déjà c'est donc là pour nous et pour les

âmes qui nous sont confiées un immense avantage que nous aura procuré l'art qui nous a perfectionné, dégrossi même dans l'action oratoire. Plusieurs parlent en vain, ils ne sont point compris, ils sont même ridicules en chaire. On va quelquefois les entendre, pourquoi? pour rire, pour se moquer ensuite des nombreux défauts de leur action ; nous l'avons vu, nous l'avons entendu, hélas ! trop souvent ; et voilà pourquoi parlons-nous, voilà pourquoi nous sommes-nous mis à l'œuvre, sans nous laisser rebuter par les nombreuses difficultés que nous trouvions pour créer des règles dont la nature seule gardait le secret.

TON DOUX OU GENRE ONCTUEUX.

Le ton doux est le caractère de ces passions qui révèlent un contentement, une satisfaction douce de l'âme. Quelquefois aussi le cœur, en proie à quelque misère, pousse de ces doux soupirs qui attirent notre compassion ; et la voix

alors ne donne plus cette note vibrante et har-
monieuse, mais bien cette note mélancolique et
déchirante.

Quelle est donc la règle générale à suivre
pour rendre les passions douces ou le ton doux ?

En observant la nature dans sa vérité vraie,
nous avons remarqué que le caractère distinctif
des passions douces était, avec la douceur de la
voix, ce qu'en musique nous appelons *coulé*.
L'âme, dans la manifestation soit des tressail-
lements de l'amour, soit des cris plaintifs de la
douleur, aime à faire comme une traînée d'une
note à l'autre. Dans les cris où l'amour préside,
le coulé est dû à la jouissance pleine et entière
que cherche à savourer l'âme dans ses affections.
L'abattement de l'âme dans la douleur produit
le même effet.

Donc, que la douceur de votre voix et les coulés multipliés entrent dans votre débit, lorsque
vous voudrez rendre les passions douces. Toutefois, avec ces deux caractères communs à toutes
ces passions, il faudra observer les différentes
nuances dont nous allons parler.

1° La prière veut des coulés, la voix douce.

soumise, attendrissante, mélancolique, selon le sentiment qui la produit.

Exercice.

« Souvenez-vous, Seigneur, de ce qui nous est arrivé : considérez et regardez l'opprobre où nous sommes. Notre héritage et nos maisons sont passés à des étrangers ; nous sommes devenus comme des orphelins qui n'ont pas de père, nos mères comme des femmes veuves. Nous avons acheté à prix d'argent l'eau que nous avons bue ; nous avons acheté chèrement le bois que nous avons brûlé. On nous a traînés les chaînes au cou, sans nous donner aucun repos dans notre lassitude. » (JÉRÉMIE.)

2º L'accent de la satisfaction est doux, tendre et plein d'abandon ; il respire la joie, le calme.

3º Le désir demande un ton de voix qui soupire amoureusement selon l'objet du désir.

Exercice.

« Qui me donnera des ailes comme à la colombe, pour que je puisse m'envoler dans quelque lieu désert et me retirer dans quelque lieu écarté ! »

4° La plainte veut un ton triste, touchant, qui excite à la compassion.

Exercice.

« O vous tous qui passez par ce chemin, considérez et voyez s'il y a une douleur comme la mienne !

« Qui donnera de l'eau à ma tête, et à mes yeux une fontaine de larmes, pour pleurer jour et nuit les enfants de la fille de mon peuple, qui ont été tués ?

« Comment cette ville si pleine de peuple est-elle maintenant si solitaire et si désolée ?

« Jusques à quand, Seigneur, m'oublierez-vous ? Sera-ce pour toujours ? Jusques à quand détournerez-vous de moi votre visage ? Jusques à quand remplirai-je mon âme de tant de desseins différents qui l'agitent et qui l'inquiètent ?

5° L'amour, selon la cause qui provoque ses accents, emploie les inflexions de voix dont nous avons parlé. Dans ses doux et chaleureux transports, il veut cependant une voix qui tressaille de joie et de plaisir.

———

EXERCICES SUR LE TON DOUX.

Lusignan supplie sa fille de revenir à la religion de ses pères.

Ma fille, tendre objet de mes dernières peines,
Songe au moins, songe au sang qui coule dans tes veines.
C'est le sang de vingt rois, tous chrétiens comme moi ;
C'est le sang des héros, défenseurs de ma loi ;
C'est le sang des martyrs !.. O fille encore trop chère,
Connais-tu ton destin ? Sais-tu quelle est ta mère ?
Sais-tu bien qu'à l'instant que son flanc mit au jour
Ce triste et dernier fruit d'un malheureux amour,
Je la vis massacrer par la main forcenée,
Par la main des brigands à qui tu t'es donnée ?
Tes frères, ces martyrs, égorgés à mes yeux,
T'ouvrent leurs bras sanglants, tendus du haut des cieux ;
Ton Dieu, que tu trahis, ton Dieu, que tu blasphèmes,
Pour toi, pour l'univers, est mort en ces lieux mêmes,
En ces lieux où mon bras le servit tant de fois,
En ces lieux où son sang te parle par ma voix.
Vois ces morts, vois ce temple envahi par tes maîtres :
Tout annonce le Dieu qu'ont vengé tes ancêtres.
Tourne les yeux ; sa tombe est près de ce palais :

C'est ici la montagne où, lavant nos forfaits,
Il voulut expier sous les coups de l'impie :
C'est là que de sa tombe il rappela la vie.
Tu ne saurais marcher dans cet auguste lieu,
Tu n'y peux faire un pas sans y trouver ton Dieu ;
Et tu n'y peux rester sans renier ton père,
Ton honneur qui te parle et ton Dieu qui t'éclaire.

(Voltaire, Zaïre.)

Hymne de l'enfant à son réveil.

O Père qu'adore mon père,
Toi qu'on ne nomme qu'à genoux !
Toi dont le nom terrible et doux
Fait courber le front de ma mère !

On dit que ce brillant soleil
N'est qu'un reflet de ta puissance ;
Que sous tes pieds il se balance
Comme une lampe de vermeil.

On dit que c'est toi qui fais naître
Les petits oiseaux dans les champs ;
Et qui donne aux petits enfants
Une âme aussi pour te connaître.

On dit que c'est toi qui produis
Les fleurs dont le jardin se pare ;
Et que sans toi, toujours avare,
Le verger n'aurait point de fruits.

Que je sois bon, quoique petit,
Comme cet enfant dans le temple,
Que chaque matin je contemple
Souriant au pied de mon lit.

Mets dans mon âme la justice,
Sur mes lèvres la vérité ;
Qu'avec crainte et docilité
Ta parole en mon cœur mûrisse !

Et que ma voix s'élève à toi
Comme cette douce fumée
Que balance l'urne embaumée
Dans la main d'enfants comme moi !

(LAMARTINE)

Plaintes d'un exilé.

Debout sur un rocher élancé vers les cieux,
Tourné vers sa patrie et les pleurs dans les yeux,
Un proscrit redisait sa plainte solitaire
Que répétait l'écho des antiques forêts ;
Et la brise du soir, sur son aile légère,
M'apporta ses soupirs et m'apprit ses regrets :

« Aux jours de mon bonheur, aux jours de ma puissance,
Quand tout me souriait au sein de l'opulence,
Je vis de toute part des amis accourir.
Mais c'étaient ces amis que me fit la fortune ;
A peine le malheur est venu m'assaillir
Qu'ils ont fui, les cruels, ma présence importune.

« Désormais je n'ai plus qu'à vivre dans les pleurs,
Mes jours ne seront plus qu'un tissu de douleurs,
J'attendrai dans l'exil la fin de ma misère,
Abandonné des miens, tel est l'arrêt du sort.
Mais quand j'aurai fourni ma pénible carrière,
Joyeux, je m'étendrai dans les bras de la mort.

« Peut-être, amis ingrats, que votre cœur, plus tendre,
De quelque larme alors honorera ma cendre ;
Mais soupirs trop tardifs ! mais regrets superflus !
Dans la nuit de la tombe, où le malheur m'entraîne,
Dégagé de ce corps, je ne souffrirai plus ;
Alors de mes malheurs j'aurai brisé la chaîne.

« Mais un père, une mère, au déclin de leurs jours,
Peut-être à votre porte implorent des secours.
Ne leur refusez pas le peu qu'il vous demandent,
Daignez les secourir, soyez compatissants,
Et glissez dans leur main l'obole qu'ils attendent ;
Pour cette œuvre le ciel bénira vos enfants.

« J'étais l'unique fils qui berçait d'espérance
Le cœur de ces époux, témoins de mon enfance.
Hélas ! il m'en souvient de ces jours de bonheur,
Quand mon père disait à ma mère attendrie :
Chère épouse, voilà quel enfant le Seigneur
Accorde à notre amour... Qu'il protége sa vie !

« Faut-il être sevré de ce riant espoir
De mourir près de vous?... Ne dois-je plus vous voir?

L'hirondelle, au printemps, regagne sa demeure ;
Joyeuse, elle revoit les lieux de ses amours ;
Et moi seul, dans l'exil, je gémis et je pleure,
A jamais séparé des auteurs de mes jours.

« O France ! ô ma patrie, à mon cœur toujours chère
Tu ne me verras plus ! Sur la rive étrangère,
Loin de toi, malheureux, je péris, je me meurs...
Vers ton sein que ne puis-je, ô climat que j'adore,
Prendre un rapide essor ! Et tarissant mes pleurs,
Que ne m'est-il permis de te revoir encore ! »

TON VÉHÉMENT OU GENRE DRAMATIQUE.

En étudiant l'homme pris dans l'exercice des
passions irascibles et violentes, nous avons
remarqué qu'une grande énergie, des notes
tantôt hautes, tantôt basses, étaient toujours le
caractère dominant et distinctif qu'elles em-
ployaient pour se manifester au dehors. Dès lors
rien de plus aisé que de nous exercer à imiter le cri de ces passions fortes, pour qu'au besoin nous puissions employer les accents vrais
que fait entendre l'âme quand elle est en proie
à de pareils sentiments.

5.

1° La colère a un accent qui est prompt, vif et coupé, des notes hautes et basses.

Exercice.

« Je contenterai ma fureur ; je vous réduirai en un désert ; je vous rendrai l'objet des insultes des nations qui sont autour de vous, à la vue de tous les passants ; et vous deviendrez, à l'égard des peuples qui vous environnent, un sujet de mépris et de malédiction, et un exemple terrible et étonnant lorsque j'aurai exercé mes jugements au milieu de vous, dans ma fureur, dans mon indignation, et dans toute l'effusion de ma colère. C'est moi qui suis le Seigneur, qui ai parlé. Lors, dis-je, que je lancerai les flèches perçantes de la famine qui seront mortelles...., lorsque je ferai venir tout ensemble la famine et les bêtes les plus cruelles pour vous exterminer entièrement ; que la peste et le sang régneront parmi vous et que je vous ferai passer au fil de l'épée. C'est moi qui suis le Seigneur, qui ai parlé. »

2° L'imprécation demande un ton véhément et animé, des notes basses et hautes à la fin des périodes.

« Que le jour auquel je suis né périsse, et la nuit en laquelle il a été dit : « Un homme est conçu. »

3° La crainte s'exprime d'un ton bas et tremblant, soumis ; et lorsqu'elle va au désespoir, elle veut des cris.

4° La violence a un ton énergique, impétueux, précipité, menaçant.

5° La réprimande et la correction demandent un ton de voix ferme, animé, comme dans cet exemple :

« Jusques à quand dormirez-vous, ô paresseux? Quand vous réveillerez-vous de votre sommeil? Vous dormirez un peu, vous sommeillerez un peu... et l'indigence viendra vous surprendre.... (*Prov.*)

Dans chaque genre nous citons seulement quelques-unes des passions dont l'âme peut être affectée et qui appartiennent à ce genre. Connaissant le caractère distinctif particulier à chaque ton, il vous sera facile de donner à chaque passion l'accent qui la rendra.

Au genre dramatique se rattache le sublime, le solennel.

Exercices du ton véhément ou dramatique.

Infidèles Hébreux ! vous ne la vengez pas !
Cieux qui la possédez, tonnez sur ces ingrats !
Lieux teints de ce beau sang que l'on vient de répandre,
Murs que j'ai relevés, palais, tombez en cendre ;
Cachez sous les débris de vos superbes tours
La place où Marianne a vu trancher ses jours.
Temple, que pour jamais tes voûtes se renversent !
Que d'Israël détruit les enfants se dispersent !
Que sans temple et sans rois, errants, persécutés,
Fugitifs en tous lieux et partout détestés,
Sur leurs fronts égarés portant, dans leur misère,
Des vengeances de Dieu l'effrayant caractère,
Ce peuple aux nations transmette avec terreur,
Et l'horreur de mon nom et la honte du leur.

(Marianne, act. v.)

Imprécations de Camille.

Rome, l'unique objet de mon ressentiment !
Rome à qui vient ton bras d'immoler mon amant !
Rome qui t'a vu naître et que ton cœur adore !
Rome, enfin, que je hais, parce qu'elle t'honore !
Puissent tous ses voisins, ensemble conjurés,
Saper ses fondements encor mal assurés !
Et si ce n'est assez de toute l'Italie,
Que l'Orient contre elle à l'Occident s'allie !

Que cent peuples unis, des bouts de l'univers,
Passent pour la détruire et les monts et les mers !
Qu'elle-même sur soi renverse ses murailles
Et de ses propres mains déchire ses entrailles !
Que le courroux du ciel, allumé par mes vœux,
Fasse pleuvoir sur elle un déluge de feux !
Puissé-je de mes yeux y voir tomber la foudre,
Voir ses maisons en cendre et ses lauriers en poudre,
Voir le dernier Romain à son dernier soupir,
Moi seule en être cause et mourir de plaisir !

(CORNEILLE, *les Horaces.*)

Remarque.

Dans les trois genres de débit, tout orateur doit-il partir d'une note commune ?

Non, je réponds avec Cicéron. Chaque voix, en effet, a un ton qui lui est naturel ; c'est de ce point qu'il faut partir pour monter graduellement jusqu'au ton le plus haut. Nous devons tenir compte, quand nous parlons, de la grandeur des lieux et du nombre de nos auditeurs. Notre voix devra être d'autant plus haute et et d'autant plus forte, que les lieux seront plus vastes et nos auditeurs plus nombreux.

DE L'IMPROVISATION

Qu'est-ce qu'improviser? c'est composer sans préparation, c'est parler d'abondance sur un sujet donné.

Toutefois ce travail de l'intelligence humaine suppose toujours une préparation plus ou moins éloignée sur les matières à traiter, puisque l'improvisation, prise dans le sens absolu, n'existe pas, à moins d'avoir, comme les apôtres, la science infuse. Qui pourra parler pendant quelques instants sur une science dont il n'aura jamais eu la moindre notion ? L'improvisation, première condition du discours public, n'est possible que par une étude approfondie du sujet organisé méthodiquement dans l'intelligence. Il faut dès lors que l'orateur, à quelque genre qu'il appartienne, se soit livré antérieurement à de fortes études sur toutes les matières qui devront servir de preuves ou de thème à ses discours.

On distingue plusieurs sortes d'improvisa-

tion. Les uns improvisent les idées secondaires, les phrases, après avoir médité ou préparé
un plan, qu'ils l'aient préalablement confié au
papier ou bien gravé seulement dans la mémoire.
Tel sera, à la tribune, l'orateur qui se propose
de parler sur une question à l'ordre du jour;
tel sera, au barreau, l'avocat qui aura étudié
l'affaire que lui a confiée son client; tel encore
sera l'orateur chrétien qui se dispose à parler
sur un sujet quelconque de notre sainte religion.
Comme on le voit, chacun de ces orateurs est
censé avoir pris connaissance de la question à
traiter, l'avoir pesée, l'avoir mûrie, l'avoir
fécondée, selon le degré de talent que lui a dé-
parti la nature.

Il existe une autre sorte d'improvisation qui
ne suppose pas un travail comme le précédent,
et qui peut, dans tous les genres, créer des
chefs-d'œuvre d'éloquence. Ce seront ces re-
parties que peut faire l'orateur, sans les avoir
prévues, à la tribune, au barreau; ce seront
ces heureuses allocutions que les circonstances
peuvent inspirer à l'orateur chrétien, et ces sublimes élans de tant de cœurs magnanimes

qui s'élèvent dans plusieurs enceintes pour défendre la religion, la patrie ou la société menacée dans ses bases essentielles par les hommes de révolution.

Nous voyons donc par ce qui précède qu'il peut y avoir improvisation d'idées secondaires, de phrases, d'idées mères, de plan. Toutefois il y a toujours une préparation réelle, antérieure, celle de la connaissance plus ou moins profonde de la question qui occupe les orateurs.

Ici la mémoire joue un des rôles les plus importants et fait partie de l'action. La mémoire, dans ses rapports avec l'éloquence, n'est pas ce don de retenir fidèlement le texte d'un discours composé par avance. « C'est, dit Géruzez, la faculté de conserver l'ordre de ses pensées, de voir sans cesse devant soi, en présence même de l'idée qui reçoit actuellement sa forme, l'idée qui doit suivre et que la parole exprimera à son tour. »

« Sous bien des rapports, l'improvisation, telle que nous l'entendons, produit plus de fruits qu'un travail écrit et récité. Pourquoi? Parce

que le travail que l'improvisation demande,
dit encore Géruzez, l'impulsion qu'elle donne,
l'émotion qu'elle cause, ajoutent à la pensée,
qui naît, pour ainsi dire, sous les yeux de l'auditeur, une force de communication qui associe
intimement l'âme et l'intelligence de ceux qui
écoutent aux idées et aux passions de l'orateur.
Il y a, qu'on me passe l'expression, dans cette
délivrance publique, quelque chose de spontané
et de saisissant qui manquera toujours à la
reproduction, même animée et intelligente,
d'un travail antérieurement achevé. » « Lorsqu'on récite un discours, dit quelque part
Cyrano de Bergerac, on voit le papier sous les
paroles. » Ce papier, absent et visible, se place
entre l'orateur et l'assemblée; c'est une bar-
rière, un obstacle à ce contact immédiat par
lequel la véritable éloquence remue les âmes
et pénètre dans les intelligences.

Il est très-utile et même nécessaire que l'orateur chrétien s'exerce à l'improvisation. Dans
l'exercice du ministère des âmes, le pasteur,
quelquefois accablé sous le poids de ses nombreuses occupations, n'a pas le temps de pren-

dre un sujet, de le creuser par la méditation, de l'écrire, de le graver dans sa mémoire pour en nourrir ensuite l'esprit et le cœur de ses ouailles. Il faut donc que, dans ces occasions solennelles où la moisson est abondante et les ouvriers rares, le prêtre puisse suffire à tout. Il le pourra grâce à l'improvisation. Aujourd'hui que les études sont partout soignées, le prêtre peut aisément, dans moins d'une heure de préparation, paraître en public et parler une quarantaine de minutes. Ce que nous disons là est surtout vrai pour ceux qui ont la parole facile.

Voici le moyen que nous avons toujours conseillé avec succès, puisqu'il nous a parfaitement réussi dès notre début :

Nous prenions une homélie, un sujet à notre convenance, traité par deux ou trois auteurs différents, que nous lisions attentivement. Nous formions un plan dans notre esprit; nous casions dans notre mémoire les idées principales de ce plan, quelques idées secondaires, les plus convenables à notre auditoire, puis les transitions pour aller d'une idée à l'autre, voilà tout. Faites ainsi, ayez du courage et vous ferez

le plus souvent merveilles. Sans doute, pendant que votre tête sera préoccupée et comme
en ébullition, vous éprouverez bien de pénibles
moments ; n'importe, cramponnez-vous fortement à votre plan, à vos idées principales,
à vos transitions, comme le naufragé à la plan-
che qu'il saisit dans son désespoir, et Dieu fera
le reste. A peine aurez-vous commencé à parler
à vos auditeurs qu'un fluide électro-magnétique
se dégagera de votre tête, et vous mettant en
communication avec votre auditoire, vous serez
étonné vous-même de cette facilité avec laquelle
naîtront dans votre esprit cette multitude
d'idées que vous n'aurez pas même prévues.
Il vous arrivera sans doute d'oublier quelques-
unes de celles que vous aviez choisies, de vous
répéter quelquefois, mais les idées fécondes, les
mouvements heureux que feront naître en vous
ces relations magnétiques avec vos auditeurs,
vous dédommageront amplement des répéti-
tions que vous pouvez avoir faites et des idées
qui auront échappé à votre mémoire. Fénelon,
nous dit-on, improvisait ainsi tous ses sermons.

Quelque jeune que l'on soit, veut-on un

moyen de donner à peu de frais et avec peu de travail un aliment solide aux auditeurs? Écoutez.

Je ne parle pas ici de ces discours qui traitent quelques points philosophiques, quelques points primordiaux de dogme, de morale, où retentissent ces grands mots de progrès, de société, de famille, de civilisation. De tels discours, rarement à leur place, même dans une cathédrale, peuvent être beaux en effet. Mais le plus souvent ils ne parlent qu'à l'esprit, presque jamais au cœur. Ils font dire toujours, s'ils sont compris : M. tel prêche bien, dit des choses peu ordinaires ; le plus grand nombre ajoute, M. tel est un talent hors ligne, on ne le comprend pas ; il faut être instruit, dit-on, pour le comprendre.

Mais je veux parler de ces discours où les vérités de notre sainte religion, quelques traits évangéliques sont appliqués à la conduite des peuples sous le triple rapport de Dieu, du prochain, de soi-même ; de ces discours qui convertissent, qui font oublier l'orateur pour ne s'occuper que de sa propre conscience, qui nous font dire, tandis que la parole de Dieu retentit à nos oreilles : c'est bien vrai, cela m'arrive, on dirait que ce prédicateur connaît ce qui se passe en moi.

— Comment faire une telle application? Il faut au moins vingt ans de ministère pour connaître tous les mystères de ce monde d'iniquités qu'on appelle le cœur humain. —Détrompez-vous, écoutez encore.

Si nous analysons toutes les applications morales de ces orateurs qui convertissent les peuples, nous trouvons qu'ils y font ressortir tantôt quelques effets de certains vices pour les flétrir, tantôt quelques infractions à la loi du suprême législateur pour les stigmatiser, tantôt quelques effets de certaines vertus pour en étaler à nos yeux l'éclat et la beauté, et nous les faire aimer. Or, puisqu'il en est ainsi, sera-t-il difficile de faire des tableaux de mœurs où toujours quelque vertu, quelque passion, quelque vice de notre paroisse sera mis en scène? Seront-ils difficiles l'invention, les détails de ces tableaux? Dieu ne nous a-t-il pas laissé sa loi, qui s'adresse à tous les temps, à tous les âges, à toutes les conditions de l'homme? Ignorons-nous ses explications, tous les points qu'elle touche? Tout ce que l'homme peut penser, faire de mal, c'est dans le code divin que nous le trouvons. Ne connaissez-vous pas encore, avec leurs vertus contraires, tous ces péchés qui sont la source de toutes nos infractions à la loi de Dieu? Donc méditons un peu sur toutes ces connaissances que nous avons acquises. Pénétrons encore dans notre propre cœur et songeons à cos mauvaises herbes qui y croissent sans cesse, malgré nos soins à les extirper, c'est ainsi que nous trouverons, que nous connaîtrons tous les mystères d'iniquité du cœur humain, sans les avoir appris par une expérience de vingt ans de ministère, comme vous le prétendez. Une fois imbu de toutes ces connaissances morales, de toutes ces défaillances humaines, nous pourrons aisément donner du solide dans nos improvisations, soulever les passions de nos auditeurs, qui nous comprendront toujours, puisque le plus instruit comme le plus ignorant éprouve les mêmes faiblesses, triste héritage que nous a légué le

chef de notre race. Si tous, en se retirant de
nos temples, ne sont pas convertis par de pareils
discours, tous du moins, soyez en sûrs, se sentiront meilleurs.

APPLICATION DES PRINCIPES DE L'ACTION ORATOIRE
SUR DES FRAGMENTS DE DISCOURS ET DE POÉSIES.

Après avoir établi les principes de l'action
oratoire tout entiers, comme il n'en existait point
encore pour l'orateur, nous allons ici, pour ai-
der l'élève dans l'étude du geste, analyser des
fragments de discours et de poésies d'après les
principes préexposés. L'élève pourra voir ainsi
combien l'application de ces principes lui est
devenue désormais facile.

Je me bornerai, dans ces analyses, à indiquer
la pose-principe avec le numéro du mouvement
qui rend l'idée des mots indiqués. Qu'on se
souvienne de conserver toujours une pose obtenue après un geste, toutes les fois que cette
pose ne sera pas contraire à ce que l'on dit. C'est

là, comme nous l'avons fait observer, ce qu'on appelle improprement *geste soutenu.* Ces poses ainsi gardées donnent plus de gravité, plus de majesté à l'orateur chrétien, et font que l'on peut rendre plus d'idées par le geste plus multiplié en réalité, sans le paraître cependant.

Quelquefois certaines idées peuvent être rendues par différents principes, mais ici je me contenterai de ne vous indiquer que le geste qui me paraît le plus convenable.

N° 1. — ANALYSE DE GESTES.

Ma fille, tendre objet de mes dernières peines
(1° du 4e principe)

Songe au moins, songe au sang qui coule dans tes veines.
(4° du 4e principe)

C'est le sang de vingt rois, tous chrétiens comme moi ;
(1° du 3e principe)

C'est le sang des héros, défenseurs de ma loi ;
(Idem)

C'est le sang des martyrs... O fille encore trop chère,
(Idem)   (3° du 2e principe)

Connais-tu ton destin? Sais-tu qu'elle est ta mère?
(1° du 4e pr.)   (Id.)

Sais-tu bien qu'à l'instant que son flanc mis au jour
(1° du 4e principe)

Ce triste et dernier fruit d'un malheureux amour,
  (Idem)

Je la vis massacrer par la main forcenée,
(4° du 3e principe)

Par la main des brigands à qui tu t'es donnée ?
  (Idem)

Tes frères, ces martyrs, égorgés à mes yeux,
(1° du 7e principe)

T''ouvrent leurs bras sanglants, tendus du haut des cieux ;
(1° du 4e principe)

Ton Dieu que tu trahis, ton Dieu que tu blasphèmes,
(1° du 7e principe)

Pour toi, pour l'univers, est mort *en ces lieux* mêmes,
(Idem)   (Idem)   (Idem)

En ces lieux où mon bras le servit tant de fois,
    (Idem)

En ces lieux, où son sang te parle par ma voix.
    (Idem)

Vois ces morts, vois ce temple envahi par tes maîtres ;
  (Idem)   (Idem)   3° du 1er principe)

Tout annonce le Dieu qu'ont vengé tes ancêtres.
(2° du 3e principe)

Tourne tes yeux ; sa tombe est près de ce palais ;
          (1° du 7e principe)

C'est ici la montagne où, lavant nos forfaits,
(Idem)

Il voulut expirer sous les coups de l'impie :

6

C'est là que de sa tombe il rappela *la vie,*
(Idem)   (3° du 3° principe)

Tu ne saurais marcher *dans cet auguste lieu,*
                              (1° du 7° principe)

Tu n'y peux faire un pas *sans y trouver* ton Dieu ;
                              (Idem)

Et tu n'y peux rester sans *renier ton père,*
                              (6° principe)

Ton honneur qui te parle et *ton Dieu qui t'éclaire.*
                              (1° du 1er principe)

No 2. — ANALYSE DE GESTES.

L'union de l'homme avec Dieu, *voilà l'es-*
                                        (1° du

sence intime, voilà le commencement, le milieu
3° principe)   (Idem avec le mouvement du 2°)

et la fin de la religion. *Cette union* s'opère par
                    (1° du 7° principe)

deux voies : *ou Dieu descend vers l'homme*
          (Idem)   (Idem)

ou il élève l'homme *vers lui. La descente de*
(3° du 3° principe)   (1° du 7°)   (4° du 3° prin-

Dieu dans l'humanité a son terme le plus su-
cipe)

blime dans l'incarnation. *L'élévation de l'homme*
                    (3° du 3° principe terminé par

vers Dieu aboutit à l'apothéose. L'incarnation
(le 1º du 7º)

s'est réalisée dans le Christ : l'apothéose *s'ac-*
(1º du

complit dans les membres du Christ, dans les
3ᵉ principe)

saints, à la tête desquels *apparaît* Marie.
(1º du 1ᵉʳ prilcipe)

Marie est la femme complétement régénérée,
l'Ève céleste en qui l'Ève terrestre et coupable
s'est absorbée dans une *transfiguration* glo-
(4º du 3ᵉ principe)   (1º du 1ᵉʳ principe)

rieuse. De cet apothéose de la femme *date l'ère*
(1º du 3ᵉ principe)

de son affranchissement.

On a remarqué avec raison que l'anathème ori-
ginel *a pesé* plus particulièrement sur la femme,
(4º du 3ᵉ principe)

quoique pourtant Ève, en écoutant la parole de
séduction, *eût péché*, dit saint Ambroise, bien
(Id.)

moins par malice de cœur que par mobilité
d'esprit. Mais de séduite elle *était devenue* sé-
(Id.)

ductrice. Elle *avait introduit* le mal dans le
(5º ou 7º du 3ᵉ principe)

monde terrestre, en corrompant l'homme pri-
mordial et universel, *qui renfermait* en soi tout
(6° du 3ᵉ principe)

le genre humain. L'antique idolâtrie *naquit* par
(3° du 3ᵉ principe)

elle : son impérieux caprice *fut pour Adam* une
(3° du 4ᵉ principe)

idole dont il substitua le culte à l'adoration de
la volonté divine, *dans le sanctuaire* de sa con-
(1° du 2ᵉ principe)

science. De là une plus grande part pour la
femme dans les souffrances *qui forment* la
(2° du 3ᵉ principe)

longue pénitence de l'humanité. Pour s'être
fait adorer par l'homme, *elle devint son esclave ;*
(4° du 3ᵉ principe)

et durant la période d'attente qui précéda *l'appa-*
(1° du

rition du Christ, la servitude publique et pri-
1ᵉʳ principe)

vée des femmes, servitude que l'opinion, la lé-
gislation, les mœurs avaient impitoyablement
scellé de leur triple sceau, fut généralement
(1° du 3ᵉ principe)

la pierre angulaire de ce que l'on appelait
(Id.)

l'ordre social, comme elle continue à l'être dans toutes les contrées qui n'ont pas reçu encore la loi *qui affranchit le monde.*

(5° du 6e principe)

Le christianisme, *qui attaqua radicalement*

(3° du 1er principe)

l'esclavage par sa doctrine sur la fraternité divine *de tous les hommes, combattit* d'une manière

(2° du 3e principe)   (3° du 1er)

spéciale l'esclavage des femmes par son dogme de la maternité divine de Marie. *Comment* les

(1° du 4e principe)

filles d'Ève auraient-elles pu *rester esclaves* de

(4° du 3e principe)

l'Adam déchu, depuis que l'*Ève réhabilitée,* la

(3° du 3e principe)

nouvelle mère des vivants, était devenue *la reine*

(2° du

des anges?.. L'homme avait *fait peser son sceptre*
3e principe)   (4° du 3e principe)

sur la tête de sa compagne pendant quarante siècles, *il le déposa* le jour où il *s'agenouilla*

(3° du 4e principe)   (4° du 3e)

devant l'autel de Marie. *Il l'y déposa* avec re

(3° du 4e principe)

6.

connaissance, *car l'oppression* de la femme était
(4º du 3º principe)

sa dégradation à lui-même ; *il fut délivré* de sa
(5º principe)

propre tyrannie.

La réhabilitation des femmes, *liée si étroite-*
(6º du 3º prin-

ment au culte de Marie, a des harmonies sin-
cipe)

gulières et profondes avec les mystères que ce
culte renferme. *Marie étant la femme* typique
(1º du 3º principe)

dans l'ordre de la régénération, comme Ève
avait été la femme typique dans l'ordre de la
(Idem)

déchéance, *ce qui s'est accompli* dans Marie
(Idem)

avec le concours de sa volonté, pour la réparation de la nature humaine, *s'accomplit* aussi, en
(Idem)

des proportions moins hautes, dans la régénération des femmes, *sous l'empire* du christia-
(2. du 3. principe)

nisme.

Le crime primitif avait été, *sous une de*
(7º principe)   (1º du

ses faces, un crime d'orgueil. *Pourquoi Dieu*
1er principe) (1° du 4e principe)

vous a-t-il fait cette défense? *Si vous mangez*

de ce fruit, vous serez comme des dieux, sachant

le bien et le mal. Il y eut alors une annoncia-
(7e principe)

tion des mystères de mort, que l'ange des té-

nèbres *voila* sous la trompeuse promesse d'une
(2° du 3e principe)

renaissance divine, *comme il y eut* plus tard
(7° principe)

une annonciation du mystère de vie, *faite à*
(3° du

Marie par l'ange de lumière, mystère de vie
1er principe)

divine *caché sous le voile* d'un enfantement hu-
(2° du 3e principe)

main. L'orgueil d'Ève, qui *s'était approprié* la
(1° du 2e principe)

parole de révolte en y consentant, *fut expié* par
(4° du 3e principe)

la soumission infinie et l'humanité suprême de

la réponse de Marie : *Voici la servante du Sei-*
(1° du

gneur, qu'il me soit fait selon votre parole. Le
4e principe)

crime primitif avait été, *sous une autre face*, un

(1° du 1er principe)

crime de volupté, car *la femme vit que cet arbre était bon pour la nourriture, beau à l'œil, et* D'UN ASPECT *délectable,* ET ELLE PRIT *de*

(1° du 3e pr.)

son fruit. Paroles *qui indiquent*, de quelque

(7e principe)

manière qu'on les interprète, que l'attrait des sens *prédomina* et fit passer l'esprit *sous le*

(1° du 3e principe)   (4° du

joug du corps. Comme le remède à l'orgueil

3e principe)

est dans la soumission, le remède à la volupté

(1° du 3° principe)

se trouve dans *la souffrance volontaire.* Mais la

(4° du 3e principe)

souffrance douée de la plus grande vertu d'ex-piation est la souffrance que la charité *anime,*

(5° du 4e principe)

la souffrance d'autrui que la charité fait sienne, pour la soulager. Marie *expia la faute* de la vo-

(4° du 3e principe)

luptueuse Ève par sa participation intime aux douleurs du Christ, et par là-même aux douleurs *de l'humanité entière*. Ce second acte

(2º du 3ᵉ principe)

d'expiation *est représenté* dans la fête de la Com

(1º du 1ᵉʳ principe)

passion de la Vierge, comme le premier *est*
représenté dans la fête de l'Annonciation.

(Id.)

L'expiation une fois *accomplie*, l'antique Ève

(1º du 3ᵉ principe)

est détruite, l'Ève nouvelle *est formée*. La dé-

(4º du 3ᵉ principe)   (6º du 3ᵉ principe)

chéance fait place *à la glorification*, dont la fête

(1º du 1ᵉʳ principe)

de l'Assomption de la Vierge est le monument
et le symbole.

Ces trois fêtes reproduisent donc les trois
moments *fondamentaux* pendant lesquels s'est

(1º du 3ᵉ principe)

complété, *par le concours* de la volonté humaine

(6º du 3ᵉ principe)

de Marie avec l'action divine, *la formation* de

(Id.)

l'Ève céleste, mère de la femme chrétienne. Or,
à ces trois moments typiques *correspondent* les

(3º du 1ᵉʳ principe)

trois degrés, les trois phases solennelles de la réhabilitation des femmes.

Cette *réhabilitation* a aussi, à sa manière, *son*
(2° du 3e principe)

annonciation, sa composition, son assomption.
(1° du 4e principe)

(Monseigneur GERBET).

No 3. — ANALYSE DE GESTES.

JOAD.

Celui *qui met un frein* à la fureur des flots
(3° du 1er princ.)

Sait aussi des méchants *arrêter les complots.*
(4° du 3e princ.)

Soumis avec respect à sa volonté sainte,
(1° du 3e princ.)

Je crains *Dieu*, cher Abner, et *n'ai point* d'autre crainte.
(1° du 7e pr.)   (5e pr.)

Cependant *je rends grâce* au zèle officieux
(1° du 4e pr.)

Qui *sur tous mes périls* vous fait ouvrir les yeux,
(2° du 3e princ.)

Je vois que l'injustice en secret *vous irrite,*
(3° du 1er princ.)

Que vous avez encor *le cœur* israélite.
(1° du 2e princ.)

Le ciel en soit béni! Mais ce secret courroux,
(1° du 4e princ.)   (1° du 2e princ.)

Cette oisive vertu, vous en contentez-vous?
(Id.)

La foi qui n'agit point est-ce *une foi sincére?*
(1° du 4e pr.)   (1° du 3e princ.)

Huit ans déjà passés, une impie étrangère
(6e princ.)

Du sceptre de David *usurpe* tous les droits,
(1° du 3e pr.)

Se baigne impunément dans le sang de nos rois,
(Id.)

Des enfants de son fils *détestable homicide,*
(5e princ.)

Et même *contre Dieu* lève son bras perfide;
(3° du 1er princ.)

Et *vous,* l'un des soutiens de ce tremblant État,
(7° pr.)

Vous, nourri dans les camps du saint roi Josaphat,
(Id.)

Qui, sous son fils Joram, commandiez nos armées,
(Id.)

Qui rassurâtes seul nos villes alarmées,
(1° du 3e principe)

Lorsque d'Ochosias le trépas imprévu

Dispersa tout son camp à l'aspect de Jéhu.
(6ᵉ principe)

Je crois *Dieu*, dites-vous, sa *vérité me touche !*
      (7ᵉ principe)   (1° du 2ᵉ principe)

Voici comme ce Dieu vous parle *par ma bouche !*
(1° du 4ᵉ)   (Id.)

« Du zèle de ma loi que *sert de vous* parer ?
          (6° du 3ᵉ principe)

Par de stériles vœux *pensez-vous* m'honorer ?
        (1° du 4ᵉ principe)

Quel fruit me revient-il de tous vos sacrifices ?
(3° du 4ᵉ principe)

Ai-je *besoin* du sang des boucs et des génisses ?
      (id.)

Le sang de vos rois crie, et *n'est point écouté.*
(7ᵉ principe)   (5ᵉ principe)

Rompez, rompez tout pacte avec l'impiété ;
   (Id.)   (Id.)

Du milieu de mon peuple *exterminez* les crimes,
         (Id.)

Et *vous viendrez* alors *m'immoler vos victimes.* »
(3° du 4ᵉ principe)   (4° du 3ᵉ principe)

ABNER.

Hé ! *que puis-je* au milieu de ce peuple abattu ?
   (1° du 4ᵉ principe)

Benjamin est *sans force* et Juda *sans vertu* ;
     (6ᵉ principe)   (5ᵉ principe)

Le jour qui de leurs rois *vit éteindre la race*

(6ᵉ principe)

Éteignit *tout le feu* de leur antique audace,

(2° du 3ᵉ principe)

Dieu-même, disent-ils, *s'est retiré de nous !*

(3° du 1ᵉʳ principe)

De l'honneur des Hébreux autrefois si jaloux,

Il voit sans intérêt leur *grandeur terrassée ;*

(4° du 3ᵉ principe)

Et sa miséricorde à la *fin s'est lassée ;*

(6ᵉ principe)

On ne voit plus pour nous ses redoutables mains

(1° du 1ᵉʳ principe)

De merveilles sans nombre *effrayer les humains ;*

(3° du 1ᵉʳ principe)

L'arche sainte est muette, et *ne rend plus d'oracles.*

(5ᶜ principe)

JOAD.

Et quel temps fut jamais plus fertile en miracles ?

(1° du 4ᵉ principe)

Quand Dieu par plus d'effet *montra-t-il son pouvoir ?*

(Id.)   (1° du 1ᵉʳ principe)

Auras-tu donc toujours des *yeux pour ne point voir.*

(1. du 1,ʳ principe)

Peuple ingrat, Quoi! *toujours les plus grandes merveilles ?*

(6ᵉ principe)   (1° du 4ᵉ principe)

7

Sans *ébranler ton cœur* frapperont tes oreilles ?
    (1° du 2ᵉ principe)

Faut-il, Abner, faut-il vous rappeler le cours
(1° du 4ᵉ principe)

Des prodiges fameux *accomplis en nos jours :*
            (3° du 4ᵉ principe)

Des tyrans d'Israël *les célèbres disgrâces,*
         (4° du 3ᵉ principe)

Et Dieu trouvé fidèle en toutes ses menaces ?

L'impie Achab *détruit,* et de son sang trempé
      (6ᵉ principe)

Le champ que par le meurtre il avait *usurpé ;*
               (1° d 5ᵉ principe)

Près de ce champ fatal Jézabel *immolée,*
  (7ᵉ principe)   (4° du 3ᵉ principe)

Sous les pieds des chevaux *cette reine foulée ,*
            (Id.)

Dans son sang inhumain les *chiens désaltérés,*
            (Id.)

Et de son corps hideux les *membres déchirés ?*
            (5ᵉ principe)

Des prophètes menteurs la troupe *confondue,*
            (4° du 3ᵉ principe)

Et la flamme du ciel sur l'autel *descendue ?*
(7ᵉ principe)   (Id.)

Élie aux éléments *parlant en souverain,*
         (2° du 3ᵉ principe)

Les cieux par lui *fermés et devenus d'airain,*
         (3° du 1ᵉʳ principe)

Et la terre trois ans *sans pluie et sans rosée ?*

(5ᵉ principe)

Les morts se *ranimant* à la voix d'Élisée ?

(5° du 4ᵉ principe)

Reconnaissez-vous, Abner, à *ces traits éclatants,*

(7° principe)

Un Dieu tel aujourd'hui qu'il *fut dans tous les temps ?*

(Id)   (1° du 3ᵉ principe)   (2° du 3ᵉ principe)

Il sait quand il lui plaît, *faire éclater sa gloire,*

(1° du 1ᵉʳ principe)

Et son peuple est toujours *présent à sa mémoire.*

(3° du 1ᵉʳ principe)

ABNER.

Mais *où sont ces* honneurs à David tant promis,

(1° du 4ᵉ principe)

Et prédits même encore à Salomon son fils ?

(Id.)

Hélas ! *nous espérions* que de leur race heureuse

(1° du 2ᵉ principe)

Devait sortir des rois *une suite nombreuse ;*

(3° du 4ᵉ principe)   (2° du 3ᵉ principe)

Que *sur toute tribu, sur toute nation,*

(1° du 3ᵉ principe)   (Id.)

L'un d'eux *établirait sa domination,*

(2° du 3ᵉ principe)

Ferait cesser *partout la discorde et la guerre,*
(Id.)

Et verrait *à ses pieds tous* les rois de la terre. (*Athalie.*)
(4° du 3° principe)

N° 4. — ANALYSE DE GESTES.

On dit qu'en ce temps-là *un homme,* du haut
(7° principe)

de *celle chaire, entrevit de loin* les noirs horizons
(1° du 3° principe) (1° du 1ᵉʳ principe)

où *s'amoncelaient les orages,* et qu'un jour,
(6° du 3° principe)

étendant la main devant son auditoire ému, il
(1° du 3° principe)

dit en *montrant cet autel* : « Un jour *vous ver-*
(1° du 7° principe)   (Id.)

rez là, à la place de Dieu, l'impudique Vénus
recevant *l'adoration des peuples.* » *Qu'avait-il*
(4° du 3° principe)   (1° du

entrevu?... La concupiscence personnifiée
7° principe)

dans une femme et *devenue la divinité* d'une

(1° du 3e principe)

société sans Dieu !...

Hélas ! *c'était une prophétie !* **Pour** *arrêter*

(Id.)   1° du

alors le débordement des trois concupiscences

3e principe)

dont les *flots montants inondaient de plus en*

(6° du 3e principe)

plus la terre, il eût fallu un grand miracle dans

(1° du 3e principe)

l'ordre moral, c'est-à-dire *une transformation*

(5° du

subite des mœurs générales. Le miracle *ne se*

4e principe)   (5e prin-

fit pas ; Dieu, comme il fait pour l'Océan, nous

cipe) (7e principe)

purifia *dans la tempête,* et il lui plut cette fois

(4° du 3e principe)

de proclamer par des coups de foudre la loi du

(1° du 1er principe)

progrès humain *au sein d'une société* qui péris-

(1° du 3e principe)

sait faute de vertu et *s'écroulait dans la cor-*

(4º du 3º principe)

ruption.

Je pourrais *m'arrêter* après ces deux exemples;

(1º du 3º principe)

dans cette vue rapide des points d'arrêt du

(2º du 3º principe)

progrès humain, *puis-je ne pas toucher* à nos

(1º du 4º principe)

jours *pleins de malaise profond et d'aspirations*

(6º du 3º principe)

ardentes ? Aujourd'hui, une troisième fois, le mot de réforme *a passé dans les airs* comme un

(2º du 3º principe)

souffle orageux ; cette fois les voix disent : *Réforme sociale. On a protesté contre* la reli-

(1º du 3º principe)   (3º du 1ᵉʳ principe)

gion, *on a protesté contre la politique;* aujour-

(Idem)

d'hui *on proteste* contre la société. *Le socialisme,*

(Idem)   (7º principe)

que pour la première fois je nomme dans

cette prédication, *retentissant* depuis cinq ans

(5° du 4e principe)

au sein brûlant des questions sociales, le socialisme, à le bien prendre, est une *protestation con-*

(3e du 1er principe)

tre les sociétés, en d'autres termes, il est *un pro-*

(Idem)

testantisme social. Et sur son drapeau, quelle

(1° du 7e principe)

que soit sa couleur, il y a ce mot plein de menaces : *Réformer la société !...*

(1° du 3e principe)

Messieurs, *acceptons* ce qu'il peut y avoir de

(1° du 4e principe)

vrai au fond de ces aspirations nouvelles ; puisque la société, comme l'homme, *poursuit un*

(2° du

idéal dont elle peut approcher toujours de plus
7e principe)

en plus, oui, *travaillons à* réformer la société.

(1° du 3e principe)

Mais cette réforme légitime et *vraiment pro-*

(7° du

gressive, si nous ne l'obtenons, *quelle en sera,*
3ᵉ principe)   (1° du 4ᵉ principe)

pensez-vous, la cause ? *Sera-ce notre* défaut de
(Idem)

culture scientifique ? *Que de savants* dans notre
(2° du 4ᵉ principe)

société moderne !... *Sera-ce notre* défaut de
(1° du 4ᵉ principe)

culture dans les arts, ou *notre défaut* de culture
(Idem)

dans les lettres ? *Que de littérateurs et d'artistes*
(2° du 4ᵉ principe)

dans notre société moderne !... *Sera-ce le dé-*
(1° du 4ᵉ prin-

faut de nos lois et de nos constitutions ?... *Que*
cipe)

de législations et de constitutions dans notre
(2° du 4ᵉ principe)

monde moderne ! *Sera-ce notre défaut* de per-
(1° du 4ᵉ principe)

fectionnements matériels et de progrès indus-
triels ? Messieurs, *le bruit de vos machines* et
(1° du 7ᵉ principe)

le retentissement de vos inventions *me dis-*
(cinquième

pensent de répondre....
principe)

Qu'est-donc qui empêchera la vraie réforme
(1º du 4e principe)

sociale si elle ne peut avoir lieu? Qu'est-ce
qui sera encore ici *le point d'arrêt* ou la cause
(1º du 3 e principe)

de *rétrogradation? Une seule* et même chose,
(7e principe)   (1º du 7e principe)

la chute de nos mœurs par le règne de la concu-
(4º du 3e principe)

piscence.

Ah! si, comme *à cet homme de Dieu,* le ciel
(1º du 7e principe)

me montrait sur un autel la concupiscence recevant nos adorations dans l'avenir, *je vous an-*
(Idem)

noncerais des malheurs et encore des malheurs;
je vous *montrerais* tous les progrès venant
(Idem)

se briser aux pieds de cette idole et toutes les
(4º du 3e principe)

7.

décadences *prenant naissance* au fond de

(5° du 4ᵉ principe)

son sanctuaire. *Mais si Dieu* ne me donne

(1° dn 7ᵉ pr.)

sur votre avenir aucune prévision absolue,

il me donne des prévisions hypothétiques,

(Id,)

et *je vous dis :* Si vous *ne réformez vos mœurs,*

(1° du 3ᵉ pr.)   (6ᵉ principe)

si vous *ne renversez dans* vos âmes le règne

(5ᵉ principe)

de la concupiscence, c'est-à-dire *le règne
de la Volupté, de l'Avarice et de l'Orgueil,*

(2° du 3ᵉ principe)

la réforme sociale *ne passera pas ;* toutes nos

(4° du 3ᵉ principe)

tentatives de progrès *aboutiront* à des déca-

(3° du 1ᵉʳ pr.)

dences, peut-être *à des catastrophes.* (P. Félix.)

(4° du 3ᵉ pr.)

N° 5. — Analyse de Gestes.

Permettez-moi une confidence : *Quel est donc*

(1° du 4ᵉ principe)   (1° du 7ᵉ pr.)

le royaume de Dieu ... et des Saints dont parle saint Jean dans l'Apo-
calypse? ...

(... principe)

Grégoire ... citer les commentateurs du second ordre, *le règne du Christ* a commencé à la naissance de

Jésus, à sa croix, *et il est...* ... C'est la

(7° du 3e principe)   (2° du

croix *s'étendant* de plus en plus, jusqu'à con-

3e principe)

quérir le monde entier.

(Idem)

temps. Les enfants de Dieu dorment? *Non! non!*

(5e principe)

Il y a les martyrs qui ont donné leur sang, le

(1° du 3e principe)

monde verra les martyrs de la charité.

(1° du 1er principe)

UNE IMMENSE IMPULSION DU CŒUR DE

(3° du 1er principe)

JÉSUS EST IMMANENTE

(R. P. GRATRY.)

N° 6. — ANALYSE DE GESTES.

L'homme peut bien dénaturer la religion,

l'amoindrir, faire des schismes et des hérésies,

(4° du 3e principe)   (5e principe)

mais créer une religion? Jamais! Et pourquoi

(1° du 3e principe)   (5e principe)

cela? C'est qu'il n'y a, *pour établir quelque chose*

(1° du 3e principe)

dans l'ordre intellectuel et moral ici-bas, *que deux forces*, la force rationnelle et la force tradi-

(1° du 7e principe)

tionnelle ; *il n'y a que deux puissances*, la puis-

(Id.)

sance démonstrative et la puissance affirmative

qui répose sur la tradition. Quant à la démons-

(1° du 3e principe)

tration, *jamais le* raisonnement *n'a rien bâti,*

(5e principe)   (1° du 3e pr.)

n'a rien élevé ; c'est *une épée à deux tranchants :*

(3° du 3e pr.)   (1° du 7e principe)

il peut défendre ce qui *est attaqué,* il peut at-

(3° du 1er principe)

taquer ce qui *est défendu ;* mais il ne peut

(1° du 3e principe)

édifier ; le *dissolvant* en matière religieuse est

(3° du 3e pr.) (7e principe)

le *raisonnement* dès qu'il n'a pas la foi, il

(Id.)

lutte contre la tradition ; ce sont là deux anta-

(3° du 1er principe)

gonistes souvent *en présence.* Or, si l'on ne peut

(Idem)

édifier une religion avec la raison, il faudra donc

(3° du 3e principe)

prendre la force traditionnelle ; mais cette force,

vous ne pourrez *l'établir*. L'homme *ne peut rien*

(1º du 3e pr.)   (5e principe)

sur le passé : *ayez tel génie* que vous voudrez,

(1º du 3e principe)

ayez telle force que vous voudrez, *hier vous*

(Id.)   (cinquième

n'étiez pas ; bien loin de pouvoir *établir* dans

principe)   (1º du 3e principe)

les traditions ce qui n'y est pas, vous ne pourrez

(5º du

faire rejaillir un acte de votre vie plus loin

4e principe)   (1º du

qu'hier : au delà

pouvez rien sur le passé,

(5e principe)   (1º du 3e principe)

changer ; c'est un sépulcre scellé d'un ciment

cipe)   (1° du 3e principe)

indestructible, et les hommes ne *peuvent y pé-*

(2° du 7e prin-

nétrer. Vous ne pouvez donc inventer les tradi-

cipe)

tions ; pour les avoir, *il faut partir de l'anti-*

(Idem)

quité. Ah ! si nous *pouvions agir sur le passé,*

(3° du 1er principe)

nous *donner* du passé, *l'invoquer comme nous*

(Id.)   (1° du 4e principe)

invoquons l'avenir !..

Vous entendez tous les jours les fondateurs

(1° du 4e principe)

en espérance de religions, qui nous disent : « *Il*

nous faut un culte nouveau. » Mais *ils ne peuvent*

(3° du 4e principe)   (cinquième

rien : ce sont des hommes. *Je les regarde,* ils

principe)   (1° du 7e principe)

ont tout au plus six pieds de haut; *je les écoute,*

(Idem)

qu'est-ce qu'ils me disent ? Ce que *je sais déjà*
(1° du 3ᵉ principe)   (1° du 4ᵉ principe)

ou ce que je puis savoir, et s'ils me disent quelque chose de nouveau, *je leur demande où ils*
                            (1° du 4ᵉ principe)

l'ont pris. Ils n'ont point d'autorité; je *les con-*
                                   (3° du

tredis à mon aise. Quand les Espagnols abor-
1ᵉʳ principe)

dèrent au Mexique, *montés sur leurs chevaux,*
                    (1° du 3ᵉ principe)

ils semblaient ne faire qu'un avec leurs montures; les peuples *tremblants* du Mexique cru-
              (4° du 1ᵉʳ pr.)

rent que des dieux ou des animaux extraordi-
naires *étaient descendus* sur leurs rivages; ils
            (4° du 3ᵉ principe)

n'osaient *les attaquer ;* mais, plus tard, *quand*
       (3° du 1ᵉʳ pr.)   (1° du

ils eurent vu les cavaliers séparés de leurs
7ᵉ principe)

montures, ils *reconnurent* que c'étaient des
              (Id.)

hommes comme eux et ils *leur offrirent le com-*
                    (3° du 1ᵉʳ principe)

bat. Ainsi je fais : des prétendus dieux des demi-
dieux *se présentent* pour *fonder une religion*, je
(3° du 1er principe)   (1° du 3e principe)

les écoute ; ils raisonnent, et *je les laisse*, car
(6e principe)

moi aussi je raisonne et je suis homme. Vous
m'affirmez une religion à venir ; vous me dites
(1° du 3e principe)

que cette religion nouvelle *aura aussi sa tradi-*
(7° du 3e principe)

tion quand elle aura vieilli, que l'avenir lui
donnera l'autorité que le passé a donné à celles
(1° du 3e principe)

qui subsistent. Eh! *que m'importe* l'avenir ! Je
(6· principe)

vis maintenant; *vivrai-je demain, ce soir, dans*
(1· du 4· principe)   (Id.)

une heure? Ce n'est donc pas dans l'avenir, ce
(Id.)   (5e principe)

n'est pas demain *qu'il me faut une religion;*
(1° du 3e principe)

c'est aujourd'hui, c'est à l'instant même. Sans
(Id.)   Id.)

religion, *j'erre, le cœur vide, dans le chemin de*
(7° du 3ᵉ principe)

la vie, sans savoir d'où je viens ni où je vais.
Montrez-vous donc, novateurs ; si vous *êtes fon-*
(3° du 1ᵉʳ principe)   (1ᵉ du

dateurs d'un culte, *sortez de l'obscurité* de votre
3ᵉ principe)   (5° du 4ᵉ principe)

cabinet, *révélez-vous*, dites : « *Me voilà,* » et
(Id.)   (3° du 1ᵉʳ principe)

jetez dans mon cœur l'aliment indispensable
qu'il demande. Mais *vous êtes impuissants*, car
(5ᵉ principe)

vous ne pouvez rien sans la tradition, qui vous
manque, et vous *n'avez à m'offrir* que les chan-
(3° du 1ᵉʳ principe)

ces d'un avenir que vous ignorez comme moi.
L'avenir ! *vous vous y jetez* parce que nous n'y
(3° du 4ᵉ principe)

sommes pas ; mais vous n'étiez pas hier, et je
vous convaincs d'impuissance par cela seul que
vous êtes d'aujourd'hui. L'avenir *n'est rien*
(1° du 3ᵉ principe)   (5ᵉ principe)

pour vous : c'est dans le présent ou dans le

passé *qu'on montre sa puissance ;* mais demain,
        (2º du 3ᵉ principe)

demain matin, *dites-moi ce que je serai!...* Ce
          (1º du 4ᵉ principe)

qu'il *plaira à Dieu.* Le passé donc *nous échappe,*
  (1º du 7ᵉ principe)   (5ᵉ principe)

et la force traditionnelle étant dans le passé,
tout homme qui *veut faire une religion* ne peut
        (1º du 3ᵉ principe)

trouver cette force, ou, s'il y a recours, il prend,
une force traditionnelle *déjà existante ; il la*
       (Id.)   (6º du

tourne comme il veut, la dénature, et *voilà tout.*
3ᵉ principe)   (1º du 3ᵉ princ.)

P. Lacordaire.

Nº 7. — Analyse de Gestes.

JOAD.

Cieux, écoutez ma voix, terre, prête l'oreille.
(7ᵉ princ.) (1º du 3ᵉ pr.) (7ᵉ pr.) (1º du 3ᵉ pr.)

Ne dis plus, ô Jacob, que ton Seigneur sommeille.
(5ᵉ principe)

Pécheurs, *disparaissez*; le Seigneur *se réveille*.

      (6ᵉ princ.)   (5° du 4ᵉ pr.)

Comment en un plomb vil l'or pur s'est-il changé ?...
    (1° du 4ᵉ principe)

Quel est dans le lieu saint ce pontife égorgé ?...
    (1° du 7ᵉ principe)

P leure, Jérusalem, *pleure*, cité perfide,
(4° du 3ᵉ pr.)   (Id.)

Des prophètes divins malheureuse homicide !

De son amour pour toi ton Dieu *s'est dépouillé* ;
              (5ᵉ principe)

Ton encens à ses yeux est *un encens souillé*...
           (4° du 3ᵉ princ.)

Où menez-vous ces enfants et ces femmes ?
(1° du 4ᵉ prlnc.)

Le *Seigneur a détruit* la reine des cités :
    (6ᵉ principe)

Ses prêtres *sont captifs*, ses rois *sont rejetés*.
     (1° du 3ᵉ pr.)   (5ᵉ princ.)

Dieu ne veut plus qu'on *vienne à ses solennités.*
(7ᵉ princ.)   (1° du 1ᵉʳ princ.

Temple renverse toi, cèdres, jetez des flammes.
  (4° du 3ᵉ princ.)   (5° du 4ᵉ princ.)

  Jérusalem, objet de ma douleur,
(1° du 4ᵉ princ.)

Quelle main en un jour *t'a ravi tous tes charmes ?*

(5° princ.)

Qui changera mes yeux en deux sources de larmes

(1° du 4ᵉ princ.)

Pour pleurer ton malheur?

(Id.)

. . . .

Quelle Jérusalem nouvelle

(1° du 7ᵉ princ.)

Sort du fond du désert *brillante de clartés,*

(1° du 1ᵉʳ princ.)

Et porte sur le front une marque immortelle?

(3° du 1ᵉʳ principe)

Peuple de la terre *chantez.*

(5° du 4ᵉ princ.)

Jérusalem *renaît* plus charmante et plus belle !

(Id.)

D'où *lui viennent de tous côtés*

(6° du 3ᵉ princ.)

Ces enfants qu'en son sein elle n'a point portés?

Léve, Jérusalem, léve ta tête altière ;

(3° du 3ᵉ princ.) (Id.)

Regarde tous ces rois de ta gloire étonnés ;

(1° du 1ᵉʳ principe)

Les rois des nations, *devant toi prosternés,*

(4° du 3ᵉ principe)

De tes pieds baisent la poussière

Les peuples à l'envi *marchent à ta lumière.*
(7ᵇ du 3ᵉ princ.)

Heureux qui pour Sion d'une sainte ferveur

Sentira *son âme embrasée !*
(2° du 2ᵉ principe)

Cieux, répandez votre rosée,
(7ᵉ pr.)

Et *que la terre enfante son Sauveur ! (Athalie).*
(5. du 4. princ.

Nº 8. — ANALYSE DE GESTES.

Revêtu de la plénitude du sacerdoce, juge et
(6° du 3ᵉ principe)

défenseur né de la foi; *admis avec* le succes-
(1° du 3ᵉ principe)

seur de Pierre à une grande part de la sollicitude pastorale; *successeur* lui-même des apô-
(Id.)

tres, l'*évêque agit, parle, gouverne en vertu*
(2° du 3ᵉ principe)

d'une mission toute divine. Par la mission sur-
(Id.)

tout, *il est préposé* à l'enseignement religieux
(1° du 3ᵉ principe)

des peuples et *à la lutte* contre l'esprit d'erreur.
(3° du 1ᵉʳ principe)

Voilà l'évêque. Dans l'épiscopal, dans son ca-
(1° du 3ᵉ principe)

ractère et sa puissance sacrés, *réside cette force*
(Id.)

catholique contre laquelle *vient se briser l'erreur;*
(4° du 3ᵉ principe)

et, sans doute, il faudra dire que, ni au génie,
ni à la science, ni même à la sainteté des premiers pasteurs, ne *doivent être attribués* leurs
(3° du 4ᵉ principe)

triomphes contre les ennemis de l'unité, *mais*
(1° du

uniquement à la parole de celui qui a dit : *Voilà*
3ᵉ principe)   (Id.)

que je suis avec vous jusqu'à la consommation
(Id.)   (2° du 3ᵉ principe)

des siècles.

Cependant *Dieu* n'a pas voulu que ce genre
(7ᵉ principe)

de grâce *manquât* à son Église, pour en faire
(5ᵉ principe)

même la plus grande autorité humaine possible.
Avec la force et l'autorité divines *combattirent*
(3° du

aussi, dans les évêques, la science et le génie.
1ᵉʳ principe)

Voilà les éléments de résistance et de victoire.
Au premier rang, paraît l'invincible adversaire
(1° du 7ᵉ. principe)

d'Arius, la gloire d'un siècle qui compta tant
de gloires, Athanase. *A côté de lui brille* une
(Id.) (1° du 1ᵉʳ principe)

des illustrations de notre France antique, Hilaire
de Poitiers. *Que dire de* saint Ambroise, de saint
(1° du 4ᵉ principe)

Bazile, de saint Grégoire de Naziance, de saint
Jean Chrysostome, *qui eussent comblé* la mesure
(2° du 3ᵉ principe)

de grandeur, si ce n'était que *devait paraître*
(3° du 1ᵉʳ principe)

aussi à son tour, dans la lice épiscopale, *le plus*

(1° du

beau génie, le cœur à la fois le plus aimant et

1er principe)

le plus généreux qui jamais, peut-être, *vint*

étonner, attendrir et enseigner la terre, le grand

(3° du 1er pr.)

évêque d'Hippone, *orateur entraînant,* méta-

(3° du 1er principe)

physicien hardi et *pénétrant,* docteur d'une

(Id.)

érudition profonde, immense, variée, écrivain

(2· du 3. principe)

d'une *rare fécondité* et d'une *abondance tou-*

(6° du 3e principe)   (2° du

jours pleine, qui fit la grande synthèse de toutes

3e principe)

les erreurs comme de toutes les vérités ; Au-

gustin, que l'on ne *saurait dépeindre,* mais qu'on

(1° du 1er principe)

est heureux de chérir. *Voilà,* messieurs, pour

(1° du 3e principe)

une époque et en partie, *l'autorité de science,*

(1° du 3e principe)

8

de génie et de vertu *qui combattit* dans l'épis--

(3° du 1er principe)

copat catholique ; et que vous semble-t-il de *ce rempart* seulement de luxe providentiel, opposé

(Id.)

aux envahissements de l'erreur ? A leurs écrits, à leurs travaux, à leur héroïque sainteté, les évêques *joignirent les asssemblées œcuméniques.*

(2° du 3e principe)

On y lisait les Écritures, on les interprétait par la tradition des Églises et des docteurs ; toujours l'on *suivait et l'on gardait* la chaîne des

(2° du 3e principe)

faits, et puis *retentissait* cette sentence : Il a

(3° du 1er principe)

été pensé par le Saint-Esprit et par nous : *Vi-*

(1° du 3e principe)

sum est et Spiritui sancto et nobis. Messieurs, *voilà l'Église*, et *voilà l'épiscopat* vainqueur par

(Id.)   (Id.)

la mission d'en haut. *Mais l'âme* de ces majes-

(1° du 7e principe)

tueux congrès du catholicisme, des doctrines,

des travaux et des triomphes catholiques, où réside-t-elle ? où vit-elle ? Il faudrait être aveugle pour ne pas voir et sentir à chaque page de l'histoire du christianisme, *cette pré-*

(3° du

sence réelle, vivante et première du pontife ro-

1er principe)

main, comme on l'a si bien dit. Rome *avait*

(1° du

présidé au martyre ; tous ses pontifes, durant

3e principe)

plusieurs siècles, *avaient donné leur vie* pour la

(3° du 4e principe)

foi. Dans la seconde lutte, *n'allez pas craindre,*

(5e principe)

Rome *préside* au combat, comme à la victoire ;

(1° du 3e principe)

Rome convoque, preside, confirme seule les as-

(6° du 3e principe)   (1° du 3e principe)

semblées des évêques ; et souvent même, quand

Rome a parlé d'avance, on entend ces appuis

(Id)

vétérans de la foi, *venus de toutes les contrées*

(2° du

de *l'univers*, *s'unir* par acclamations à la foi
(3° principe)   (6° du 3° principe)

romaine. « *Pierre*, s'écrient-ils, a parlé par la
(1° du 7° principe)

bouche de Léon, *la cause est jugée.* » *Voilà*,
(1° du 3° principe)   (Id.)

messieurs du catholicisme, *voilà* l'Église, la foi
(Id.)

et l'écopiscopat catholique, *tel qu'il fut* et *sera*
(Id.)   (2° du

toujours, *vainqueur* de l'hérésie orgueilleuse,
(3° principe)

qui disparaît devant lui, *anéantie*, ou bien
(5° principe)   (4° du 5° principe)

se déchire elle-même en misérables lambeaux.
(5° principe)

Que serait-ce donc encore si je *pouvais*
(1° du

dérouler à vos yeux, à côté de cette lutte
1er principe)

sanglante, où l'Église est toujours victorieuse,
son action si intime et si pénétrante sur *l'en-*
(2° du 7° principe)   (5° du

fantement des sociétés européennes ! *Là*, vous
4e principe)   (1° du 7e principe)

verriez le sacerdoce catholique *planant* en
            (2° du 3e principe)

quelque sorte sur ces affreux conflits des éléments romains et barbares, comme sur un
nouveau chaos, *le fécondant de son esprit,*
            (6° du 3e principe)

le vivifiant de sa lumière ; vous verriez toutes
(5° du 4e principe)

ces populations, ivres d'impiété, de sang et de
carnage, *s'arrêter* un jour, saisies d'étranges
        (1° du 3e principe)

terreurs et de foi *à la vue de Rome* et de son
          (1° du 1er principe)

pontife. Par les pontifes et les pasteurs, *vous*
                 (1° du

verriez ainsi partout enseignée, répandue et
1er principe)

incorporée au sein des peuples cette foi qui
     (6° du 3e pr.)

seule peut donner la vie.
    (1° du 3e principe)

Vos pères, messieurs, le savaient bien, et ils
                          8.

furent heureux de *n'en rougir pas ;* avec *cette*

(5ᵉ principe)   (1° du

soumission et ce *respect constants* pour l'épi-

3ᵉ principe)   (Idem)

scopat, pour ses enseignements et pour ses lois,

ils vont dans les champs d'honneur et de gloire

(3° du 4ᵉ pr.)

cueillir d'assez amples moissons de lauriers,

(5° du 4ᵉ principe)

pour que vous ne vous preniez pas *à répudier*

(5ᵉ pr.)

leur héritage. S'en montrer digne, c'est comme

eux *embrasser invariablement* l'autorité de l'É-

(3° du 2ᵉ principe)

glise et vivre de sa foi. (P. de Ravignan.)

Nº 9. — Analyse de Gestes.

L'humilité, *fondement* des grandeurs et des

(1° du 3ᵉ princ.)

hautes destinées de la très-sainte Vierge, doit

être aussi *la base* de l'éducation des filles. La

(Id.)

foi leur *donne la lumière* de la vérité, et l'hu-

(3° du 4ᵉ pr.)

milité *enrichit leur âme* des plus solides vertus.

(6° du 3ᵉ pr.)

La *mission de la femme* chrétienne, depuis

(1° du 7ᵉ pr.)

l'accomplissement du dogme de la maternité
divine, *est une mission* de salut et de vie pour

(3° du 4ᵉ pr.)

la société. Par son affranchissement surnaturel,
à l'ombre du culte glorificateur de Marie, la

(2° du 3ᵉ pr.)

femme régénérée *a mis* dans la balance des

(1° du 3ᵉ pr.)

destinées reconquises de la vie humaine *le
poids de ses vertus,* et la civilisation européenne .

(Id.)

s'est faite *sous l'empire* des bénédictions et des

(2° du 3ᵉ pr.)

espérances dont elle est devenue le foyer.

Mais remarquez que toute la mission civili-

(1° du 4ᵉ pr.)

satrice de la femme *est pour ainsi dire renfer-*

(6° du 3° pr.)

mée dans le cercle de la famille. C'est du fond du sanctuaire dogmatique *qu'elle répand sur le*

(3° du 4° pr.)

monde ces germes de vie qui purifient et *ces bienfaits* qui sauvent.

(Id.)

Les femmes *sont les racines de l'arbre social;*

(1° du 3° pr.)

elles *sont le fondement* de l'édifice des siècles

(Id.)

de la grâce. Mais *les racines puisent aux en-*

(1° du 7° pr.)

trailles de la terre la séve et la vie *qu'elles*

(3° du

communiquent à la tige et aux branches; mais

4° pr.)

les fondements d'un édifice doivent être cachés

(1° du 3° pr.)

dans les profondeurs du sol sur lequel l'*édifice*

(3° du

s'élève.

3° pr.)

La *vie d'une* femme, d'une épouse, d'une
(1° du 4ᵉ pr.)

mère, d'une veuve vraiment chrétienne *se
compose de devoirs obscurs* et presque inaperçus,
. (6° du 3ᵉ pr.)

et l'avenir, tout l'avenir des races humaines
dépend de ces devoirs.
(1° du 3ᵉ pr.)

La vie sociale de la femme catholique *doit
être une vie de retraite, de silence, de travail,*
(2° du 3ᵉ pr.)

de renoncement et de patience.

Sa royauté véritable est celle de la modestie,
(2° du 3ᵉ pr.)

des sollicitudes de la famille et de la vertu. Or,
pour se condamner à une vie ignorée et labo-
(4° du 3ᵉ pr.)

rieuse, *pour s'immoler* à chaque heure aux
(Id.)

volontés d'un mari dont le caractère n'a pas
toujours reçu cette souplesse malléable que la

grâce de Jésus-Christ seul pouvait lui donner, il faut être prodigieusement *dépouillé de soi-*

(5e pr.)

même. Point donc de vertu solide dans le cœur d'une femme *sans une abnégation profonde de*

(4° du 3e pr.)

soi ; mais point d'abnégation *sans humilité.*

(Id.)

La femme vraiment humble *se plaît dans le*

(2° du 3e pr.)

silence ; elle *aime la solitude de la maison ;* elle

(Id.)

trouve de grandes *douceurs dans sa retraite.*

(Id.)

La femme orgueilleuse *a horreur du* silence et

(6e pr.)

de la vie cachée ; il lui faut *une colonne, un*

(6° du 3e pr.)

théâtre, du haut desquels elle puisse *se faire voir*

(Id.)   (1° du 1er pr.)

et *mendier des applaudissements.* (COMBALOT).

(1° du 4e pr.)

Nº 10. — ANALYSE DE GESTES.

... Dans tout châtiment que la justice de
Dieu *nous envoie,* il *y a une effusion* de sa
(3º du 1ᵉʳ pr.)   (2º du 3ᵉ pr.)

bonté ; dans toute nouvelle effusion de sa bonté,
il y a *une réclamation* de sa justice. *Cette vérité*
(1º du 3ᵉ pr.)   (1º du 7ᵉ pr.)

est le fond du gouvernement de l'humanité par
la Providence. Elle est *comme enveloppée* dans
(6º du 3ᵉ pr.)

tous les grands événements dont se compose
l'histoire du monde, et nous croyons qu'il vous
serait facile de *l'y découvrir* avec nous, s'il
(1º du 7ᵉ pr.)

nous était possible en ce moment *de dérouler à*
(1º du

vos yeux ce vaste tableau. Pressé par le temps,
1ᵉʳ pr.)

nous chercherons à *la saisir* dans un cadre plus
(1º du 4ᵉ pr.)

étroit, mais plus sensible ; *nous la prendrons*

(1° du 7e pr.)

dans votre propre histoire, dans votre histoire récente de quelques jours, dans un épisode qui finit et dans un autre qui commence.

Et d'abord, *n'est-il pas vrai* que le fléau,

(1° du 4e pr.)

destiné par la justice de Dieu *à la punition* de

(4° du 3e pr.)

nos péchés a reçu aussi de sa bonté une autre destination? Oui, nous venons *de voir un mélange*

(1° du 1er pr.)

de ce qu'il y a de plus lugubre dans l'ordre de la grâce. Les rayons de la miséricorde *ont tra-*

(7° du

versé en tous sens le nuage de la tristesse *qui a*

3e pr.) (2° du

couvert nos demeures. Pour vous en faire une

3e pr.)

idée, supposez que le Seigneur, ayant tout à coup transporté l'un de vous *sur le pic le plus*

(1° du 7e pr.)

élevé de nos montagnes, lui eût donné en même

temps la *faculté de découvrir* tout ce qui se

(1° du 1er pr.)

passait dans les maisons, dans les cimetières,

dans les églises, dans les âmes même, et qu'il lui

eût dit, comme autrefois au prophète : Fils de

l'homme, regarde, *que vois-tu ?* — Seigneur,

(1° du 7e pr.)

je vois de tous côtés, ici sur de pauvres gra-

(1° du 1er pr.)   (1° et 2° du 7e pr.)

bats, là sous les rideaux de l'opulence, des

(Id.)

créatures humaines qui se débattent dans d'af-

freuses tortures, et, *autour d'elles,* d'autres

(6° du 3e pr.)

hommes qui *sont agenouillés* dès qu'ils ne sont

(4° du 3e pr.)

pas debout pour soigner les victimes du fléau ;

je comprends, *à cet aspect,* que les prières se

(1° du 1er pr.)

mêlent aux gémissements, et que la charité *se*

multiplie comme la douleur. — *Que vois-tu*

(6° du 3e pr.)   (1° du 7e pr.)

9

encore? — Je vois des familles effrayées *s'en-*

(6ᵉ prin-

fuir loin de leurs habitations, comme des

cipe)

agneaux qui s'échappent de leur bercail où un incendie vient d'éclater, et je vois en même temps *y accourir des anges consolateurs* sous le

(3° du 4° pr.)

costume de religieuses, *le front aussi serein* que

(1° du 1ᵉʳ pr.)

le veut la paix de leur âme et que le permet la compassion de leur cœur. Elles *se sont em-*

(3° du 4°

pressées de quitter leurs cellules *pour s'enfermer*

principe) (6° du 3° pr.)

dans des bouges infects; des chambres, où l'on ne respire qu'une odeur de mort, *sont devenues*

(1° du 3° pr.)

leurs oratoires : *ceux* que de tristes préjugés

(1° du 7° pr.)

ont rendus hostiles à tout ce qui a le nom de couvent disent en les voyant à l'œuvre : *Voilà*

(1° du 3° pr.)

pourtant ce que c'est qu'une religieuse ! — Que
découvres-tu encore? — *J'aperçois* des rues où
(1° du 1er pr.)

la population semble *frappée de stupeur et d'im-*
(4° du 3e pr.)

mobilité, et j'y distingue cependant un *mouve-*
(7° du

ment continuel ; des hommes, dont plusieurs
   3e principe)

sont déjà courbés sous le poids des années,
parcourent ces rues à toutes les heures du jour
et de la nuit, pour *visiter toutes les souffrances,*
(2° du 3e pr.)

pour rendre au charitable médecin qui soigne
le corps le concours que sa foi leur prête dans
le soin des âmes, *pour être présents*, sans retard,
(3° du 1er pr.)

là où quelque agonie les appelle. *Je remarque*
(1° du 7^e

leur habit, cet habit sacré sur lequel *on a jeté*
  principe)   (3° du 1er pr.)

de nos jours la poussière de tant d'insultes, et

je comprends encore que ceux qui ont le malheur de l'injurier *sont forcés*, à cette heure, d'y

(1° du 3° pr.)

reconnaître le glorieux uniforme du dévoue-
ment chrétien *et de se dire*, avec quelque re-

(1° du 2° pr.)

gret sans doute, et, je l'espère, avec quelques
remords : Voilà *pourtant ce que c'est qu'un*

(1° du 3° pr.)

prêtre ! — *Suis jusqu'au bout* les doubles effets

(1° du 7° pr.)

de cette grande épreuve : que découvres-tu?
— *Les convois de la mort et les* processions de la

(1° du 1er pr.)

piété, les cercueils qui *se pressent* sous le sol des

(3° du 1er pr.)

cimetières, et les fidèles *qui se pressent* dans les

(Id.)

églises, autour de la chaire, près du tribunal de
la pénitence et à la table de la communion. —
Fils de l'homme, *pénètre encore plus avant*

(2° du 7° pr.)

pour mieux comprendre le contraste que tu

viens d'observer. *Regarde dans l'intérieur des*
(1° du 1er p.)

tombes et dans l'intérieur des âmes. — Seigneur, *permettez que je détourne mes regards*
(*Nota* du 6° pr.)

de ce dernier travail de destruction qui s'accomplit dans les tombes, *pour les reposer sur ce*
(4° du 3° pr.)

travail de résurrection qui s'opère dans les âmes.
La grâce a été plus puissante que la mort : la
mort a fait moins de vides dans les rangs de la
société terrestre que la grâce *n'en a comblé* dans
(6° du 3° pr.)

les rangs de la société des justes, *en faisant*
(3° du 4° pr.)

remonter tant de chrétiens à la place d'où le
péché les avait fait descendre, et nous avons
moins eu à gémir sous les coups de votre justice, que nous n'avons *maintenant d'actions de*
(1° du 4° pr.)

grâces à rendre à votre miséricorde.
(Id.)
(Mgr GERBET.)

Nº 11. — ANALYSE DE GESTES.

La charité est *l'arme irrésistible* de l'Église :
(3º du 1er pr.)

ses flèches aiguës *lui ont soumis* les peuples ;
(2º du 3e pr.)

blessés au cœur par ses bienfaits, les ennemis
du roi, comme chante le prophète, *sont devenus*
(1º du 3e pr.)

ses fidèles amis.

Non, *on ne lutte* pas longtemps contre la
(3º du 1er pr.)

charité, car *elle est forte* comme la mort.
(1º du 3e pr.)

Grande parole ! s'écrie saint Augustin. *On ré-*
(3º du 1er

siste au naufrage, à l'incendie, aux armées et
pr.)   (Id.)   (Id.)   (Id.)

aux rois : vienne la mort, *il faut courber la tête.*
(Id.)   (4º du 3e pr.)

Telle, la charité *a vaincu* les philosophes et les

(Id.)

sophistes, *les prêtres du paganisme* et les po-

(Id.)

tentats, *toutes les erreurs et toutes les passions*

(2° du 3° pr.)

elle *a vaincu, elle vaincra* le monde.

(4° du 3° pr.)

Son infinie puissance lui vient de ses infinies
ressources. « Tantôt, *pour engendrer* les âmes,

(3° du 4° pr.)

dit saint Augustin, elle souffre les douleurs d'un
véritable enfantement, tantôt *elle se fait infirme*

(4° du

avec les infirmes; quelquefois elle *s'incline,*

3° pr.)   (Id.)

d'autres fois *elle se redresse,* caressante pour les

(3° du 3° pr.)

uns, *sévère pour les autres,* jamais hostile, tou-

(1° du 3° pr.)

jours *elle est amie, car pour tous elle est mère.* »

(1° du 3° pr., suivi du 2°)

Mère ! c'est bien là le véritable nom de la

charité. *Posée*, comme la mère, entre le pou-

(Id.)

voir et le sujet, elle adoucit l'autorité *et faci-*

(3° du

lite l'obéissance.

4ᵉ pr.)

Une mère *n'est-elle pas* le plus précieux don

(1° du 4ᵉ pr.)

du ciel dans l'ordre de la nature ? *Son cœur est*

(3° du

le foyer autour duquel tout se réchauffe et se

(2° pr.)

meut dans la famille. Telle est aussi la charité

(Id.)   (1° du 3ᵉ pr.)

de l'Église, elle est le *véritable foyer* auquel

(6° du 3ᵉ pr.)

s'allument tous les dévouements, le riche trésor

où *viennent puiser* toutes les indigences. D'elle

(5° du 4ᵉ pr.)

la force *reçoit la douceur*, en elle la douceur

(1° du 4ᵉ pr.)

trouve la force.

(Id.)

Une mère ! heureux l'enfant *qui s'abrite sous*

(2° du 3° pr.)

son aile, se penche sur son cœur ! malheureux

(Id.)   (3° du 2° pr.)

l'orphelin *qui pleure* sur sa tombe ! Heureux

(1° du 4° pr.)

aussi les diocèses où *la charité préside* aux re-

(1° du 3° pr.)

lations du pasteur et du troupeau ! Voyez

comme ils s'aiment !

(6° du 3° pr.)!

Que la charité *disparaisse et cède* la place

(6° pr.)

au seul pouvoir : *rien n'y vit, rien n'y respire,*

(5° pr.)   (Id.)

rien, si ce n'est l'ambition qui *souffle les riva-*

(Id.)   (3° du 1er pr.)

lités, ulcère les cœurs et *abaisse les caractères.*

(4° du 3° pr.)

Insigne Église d'Elne, *si cette lourde atmos-*

(4° du 3° pr.)

9.

phère devait peser sur vous, *fermez-nous les*
(Id.) (Nota du 6e

portes du temple. Rompons ces liens à peine
principe) (5e pr.)

formés, ils deviendraient les fers d'un trop dur

esclavage. Mais non, *permettez-nous* de vous
(1º du 4e pr.)

en communiquer la douce espérance, *non*, tel
(5e pr.)

ne sera pas l'avenir *de notre chère union*. Le
(3º du 2e pr.)

pontife qui va, ô aimante épouse, mettre fin à

votre long veuvage, ne vous vient pas, il est

vrai, *couronné des* lauriers de la poésie et de
(6º du 3e pr.)

la science, il *ne porte pas en main* le *sceptre de*
(Id.) (2º du 3e

la philosophie, mais il vous aime et il vous
princ.) (3º du 2e pr.)

apporte son cœur. Tel est l'unique partage par
(Id.) (1º du 3e princ.)

lequel il devra suppléer à tout ; *plus charitas*

quam potestas. (Extrait d'une lettre pastorale

de Mgr RAMADIÉ.)

N° 12. — ANALYSE DE GESTES

Voilà pourquoi le berceau de Bethléem, qui est le berceau du christianisme *est posé* par les
(1° du 3° pr.)

chrétiens, comme le point de départ du vrai progrès. *C'est que là*, dans ce berceau, *Dieu* et
(1° du 7° pr.)   (Id.)

l'homme se rencontrent ; *l'énergie divine re-*
(Id.)   (Id.)

vient dans l'homme. Le jour où il fut dit :
(Id.)

Emmanuel : Dieu est avec nous, ce jour-là, le
(1° du 2° pr.)

progrès put reprendre dans les siècles *sa marche interrompue.* Emmanuel : Dieu est
(7° du 3° pr.)

dans l'humanité. La force qui *pousse de bas en*
(5° du 4° pr.)

haut est revenue dans l'homme ; l'homme *peut se relever*, l'homme *peut grandir.* Oui, mes-
(3° du 3° pr.)   (Id).

sieurs, le progrès nouveau *naquit avec Jésus-*

(1° du 3° pr.)

Christ Dieu dans la crèche de Bethléem ; il a reçu au Calvaire *le baptême du sang* et la *con-*

(Id.)

sécration de la douleur... Là, le progrès com-

(Id.)   (7° pr.)

mence et de là, *sous l'essor ascendant* de la

(3° du 3° pr.)

force divine, il va s'élancer pour *s'épanouir de*

(2° du 3°

siècle en siècle, et de *frontière en frontière,*

princ.)   (Id.)

dans le double champ de l'espace et de la durée.

(Id.)

Jésus-Christ restaurateur, du haut de sa

(7° pr.)

croix, élevé au milieu de l'univers et du temps, c'est la vérité *qui rayonne,* c'est la beauté *qui*

(1° du 1er pr.)   (3°

se restaure, c'est la *force qui revient,* c'est

du 4° pr.)   (3° du 1er pr.)

l'harmonie *qui se rétablit*, c'est la grandeur
`(1° du 3° pr.)

qui remonte, en un mot, c'est le progrès *qui*
(3° du 3° pr.) (1° du

recommence, parce que c'est la réparation qui
3° pr.)

se fait ! *Tout ce qu'il* y a de plus vrai, *tout ce*
(2° du 3° pr.) (Id.)

qu'il y a de plus beau, *tout ce qu'il* y a de plus
(Id.)

saint, *tout ce qu'il* y a de plus parfait, partira
(Id.)

de lui pour *revenir à lui ;* car il est l'*alpha* et
(1° du 3° pr.) (Id.)

l'*oméga* du progrès, il est le *commencement* et
(ld.) (ld.)

la fin : PRINCIPIUM ET FINIS : et il *est la route*
(Id.) (7° du 3°

qui mène de l'un à l'autre.
principe)

Telle sera désormais, dans les siècles nou-
(1° du 3° pr.)

veaux, la grande et indéclinable loi du progrès

véritable. Tout peuple *qui marchera* vers Jésus-
(7° du 3ᵉ pr.)

Christ *montera*, il ira de progrès en progrès.
(3° du 3ᵉ pr.)

Tout peuple *qui s'éloignera de* Jésus-Christ
(7ᵉ du 3ᵉ pr.)

descendra, il ira de décadence en décadence.
(4° du 3ᵉ pr.)

Et si vous voulez juger dans les siècles nou-
(1° du 4ᵉ pr.)

veaux, le progrès et la perfection d'un peuple,
je n'ai *qu'une règle* à vous donner, mais elle
(1° du 7ᵉ pr.)

est infaillible, je vous dis : Entre ce peuple et
Jésus-Christ, *mesurez la distance*!... C'est le
(2° du 3ᵉ pr.)

criterium divin du progrès des nations!
(1° du 3ᵉ pr.)

Et ce que je dis d'un peuple, *je le dis encore*
(1° du 2ᵉ pr.)

d'un homme, d'autant *plus progressif*, qu'il
(7° du 3ᵉ pr.)

gravit mieux vers Jésus-Christ, qu'il devient de

(3° du 3e pr.)

plus en plus Jésus-Christ lui-même et *réalise*

(1° du

mieux cet idéal de sa propre vie : CHRISTIANUS

3e pr.)

ALTER CHRISTUS.

Telle est ma conviction inébranlable , *telle*

(1° du 3e pr.)   (Id.)

est ma foi invincible : JE SUIS CHRÉTIEN ! mon

(Id.)

progrès, c'est de devenir de plus en plus *Jésus-*

(Id.)

Christ; JE SUIS CHRÉTIEN ! mon progrès, *c est*

(4° du

ma diminution et *son accroissement, la dimi-*

3e pr.)   (3° du 3e pr.)   (4° du

nution de moi-même en lui et l'*accroissement de*

3e pr.)   (3° du 3e pr.)

lui en moi... Et en voyant venir mon divin

(Id.)

idéal, et mon divin Restaurateur, *moi aussi*

(1º du

j'éprouve le besoin de m'écrier : ILLUM OPORTET

2e pr.)

CRESCERE, ME AUTEM MINUI ! Il faut qu'il croisse et que je diminue. Oui, ma décroissance progressive, *jusqu'à l'anéantissement* de moi-même

(4º du 3e pr.)

en lui, *sa croissance progressive* jusqu'à *la*

(3º du 3e pr.)

plénitude de lui-même en moi, c'est la loi de

(2º du 3e pr.)   (1º du 2e pr.)

ma vie : *je le crois,* Credo ! *je le proclame de-*

(1º du 3e pr.)   (1º du 1er pr.)

vant vous, c'est *mon* Credo du progrès, c'est

(Id.)   (1º du 3e pr.)|

ma profession de foi au dix-neuvième siècle.

(Id.)

(P. Félix).

N° 13. — ANALYSE DE GESTES.

THÉRAMÈNE RACONTANT LA MORT D'HIPPOLYTE (*Phèdre*).

A *peine nous sortions* des portes de Trézène,
  (3° du 4° principe)

Il était sur son char ; ses gardes affligés
  (1° du 3° principe)

Imitaient son silence, *autour de lui rangés.*
                    (6° du 3° principe)

Il suivait tout pensif le chemin de Mycènes ;
(7° du 3° princ.)

Sa main sur les chevaux *laissait flotter les rênes ;*
                                (Id.)

Ses superbes coursiers, qu'on voyait autrefois
  (6° du 3° princ,)

Pleins d'un ardeur si noble obéir à sa voix,
  (3° du 4° princ.)

L'œil morne maintenant *et la tête baissée*
                    (4° du 3° princ.)

Semblaient se conformer à sa triste pensée.

Un effroyable cri, *sorti du fond des flots,*
                    (5° du 4° princ.)

Des airs en ce moment a troublé le repos ;

Et du sein de la terre une voix formidable
    (Id.)

Répond eu gémissant *à ce cri redoutable.*

        (4° du 3ᵉ principe)

Jusqu'au fond de nos cœurs notre sang s'est glacé !
    (1° du 2ᵉ principe)

Des coursiers attentifs le crin s'est hérissé.
    (1° du 7ᵉ principe)

Cependant, *sur le dos de la plaine liquide,*

        (2° du 3ᵉ principe)

S'élève à gros bouillons une montagne humide :
    (5° du 4ᵉ principe)

L'onde approche, se brise, et vomit à nos yeux,
    (3° du 1ᵉʳ princ.)   (Id.)

Parmi les flots d'écume, un *monstre furieux.*

        (4° du 1ᵉʳ princ.)

Son front large est armé de *cornes menaçantes;*
(1° du 1ᵉʳ princ.)   (3° du 1ᵉʳ princ.)

Tout son corps est couvert d'écailles jaunissantes;
    (3° dn 3ᵉ princ.)

Indomptable taureau, dragon impétueux,

Sa croupe se recourbe en replis tortueux;
    (6° du 3ᵉ princ.)

Ses longs mugissements *font trembler le rivage*.
(5º du 4ᵉ princ.)

Le ciel avec horreur voit ce monstre sauvage ;
(Nota du 6ᵉ princ.)

La terre s'en émeut, l'air en est infecté :

Le flot qui l'apporta *recule épouvanté*.
(4º du 1ᵉʳ princ.)

Tont fuit, et, sans s'armer d'un courage inutile,
(5ᵉ princ.)

Dans Ie temple voisin *chacun cherche un asile*.
(3º du 4ᵉ princ.)

Hippolyte lui seul, digne fils d'un héros,
(1º du 7ᵉ princ.)

Arréte ses coursiers, saisit ses javelots,
(1º du 3ᵉ princ.)   (Id.)

Pousse au monstre, et d'un dard *lancé d'une main sûre*
(3º du 1ᵉʳ princ.)   (2º du 7ᵉ princ.)

Il lui fait dans les flancs une large blessure.
(5ᵉ princ.)   (2º du 3ᵉ princ.)

De rage et de douleur le *monstre bondissant.*
(5º du 4ᵉ princ.)

Vient aux pieds des chevaux *tomber en mugissant,*
(4º du 3ᵉ princ.)

Se roule et *leur présente* une gueule enflammée
(6° du 3ᵉ pr.) (3° du 1ᵉʳ pr.)

Qui *les couvre de feu*, de sang et de fumée.
    (2° du 3ᵉ princ.)

La frayeur les emporte, et, sourds à cette fois,
    (5° du 4ᵉ princ.)

Ils *ne connaissaient plus* ni le frein ni la voix;
    (5° princ.)

En efforts impuissants *leur maitre se consume*;
        (4° du 3ᵉ princ.)

Ils rougissent le mors d'une sanglante écume.

On dit *qu'on a vu même*, en ce désordre affreux,
    (1° du 1ᵉʳ princ.)

Un dieu qui *d'aiguillons pressait* leur flanc poudreux.
    (2° du 7ᵉ pr.)

A travers les rochers la peur les précipite;
    (3° du 4ᵉ princ.)

L'essieu crie *et se rompt* : *l'intrépide Hippolyte*
        (5ᵉ princ.)

Voit voler en éclats tout son char fracassé;
    (Id.)

Dans les rênes lui-même *il tombe embarrassé*.
        (4° du 3ᵉ princ.)

Excusez ma douleur, cette image cruelle
   (1° du 4° princ.)

Sera pour moi de pleurs une source éternelle !
   (2° du 2° princ.)

J'ai vu, seigneur, *j'ai vu* votre malheureux fils
(1° du 4° pr.)   (Id.)

Traîné par les chevaux que sa main a nourris.
    (3° du 4° princ.)

Il veut les rappeler, et sa voix les effraie ;
   (1° du 3° painc.)

Ils courent : tout son corps n'est bientôt qu'une plaie.
(3° du 1ᵉʳ pr.)   (2° du 3° princ.)

De nos cris douloureux *la plaine retentit.*
      (5° du 4° princ.)

Leur fougue impétueuse *enfin se ralentit :*
      (1° du 3° princ.)

Ils s'arrêtent non loin de ces tombeaux antiques
   (Id.)

Où des rois ses aïeux *sont* les froides reliques.
    (Id.)

J'y cours en soupirant, et sa garde me suit ;
(3° du 4° pr.)

De son généreux sang *la trace nous conduit,*
      (2° du 7° pr.)

Les rochers en sont teints, *les ronces dégoutantes,*
(5e princ.)

Portent de ses cheveux les dépouilles sanglantes.

J'arrive, je l'appelle ; et *me tendant la main,*
(1° du 3e pr.)   (1° du 4e pr.)

Il ouvre un œil mourant qu'il referme soudain :

« *Le ciel,* dit-il, m'arrache une innocente vie.
    (1° du 7e princ.)

« *Prends soin* après ma mort de la triste Aricie.
(1° du 4e princ.)

« Cher ami, si mon père un *jour désabusé*
(6e princ.)

« Plaint le malheur d'un fils faussement *accusé,*
(1° du 3e pr.)

« *Pour apaiser* mon sang et mon ombre plaintive,
(3° du 4e princ.)

« Dis-lui qu'avec douceur *il traite sa captive;*
(1° du 3e princ.)

« *Qu'il lui rende...* » A ce mot ce *héros expiré*
    (3° du 4e princ.)   (4° du 3e pr.)

N'a laissé dans mes bras qu'un corps défiguré :
    (2° du 4e princ.)

Triste objet où des dieux triomphe la colère,

Et que *méconnaîtrait* l'œil même de son père.
    (5e princ.)

N° 14. — Analyse de Gestes.

C'est dans Marie devenue mère que sa *gran-*
deur personnelle apparaît dans toute sa subli-
(1° du 1ᵉʳ pr.)

mité.

Chez les Juifs personne n'ignorait *tout ce*
(6°

qui était contenu dans les livres sacrés. Toute-
du 3ᵉ pr.)

fois en les lisant, ils étaient rares ceux *qui*
avaient l'intelligence des choses futures, qui y
(1° du 1ᵉʳ pr.)

étaient renfermées. Par un nouveau privilége
que *lui avait apporté* le Verbe fait chair, Marie
(3° du 4ᵉ pr.)

comprenait tout. Aussi, voyez-la, *emportée*
(2° du 3ᵉ pr.) (3°

par l'amour maternel, comme elle se hâte de
du 4ᵉ pr.)

demander aux livres saints la vie future de son
fils sur la terre : car elle sait qu'ils *renferment*
(6°

en entier la vie du Messie. Sans doute elle va
(du 3e pr.)

jouir en voyant toute la gloire, toute la grandeur qui *l'environneront* : il est maître absolu
(Idem)

de l'univers, dès lors *il va siéger* sur un trône ;
(1° du 3e pr.)

rien ne résistera à ses divines volontés. Désormais *plus de sentiers* tortueux, *plus de chemins*
(3e pr.)   (Idem)

raboteux, toute vallée *sera remplie* et toute col-
(2° du 3e pr.)

line *sera abaissée*. Hélas ! pauvre mère ! pauvre
(4° du 3e pr.)

Marie ! que tes espérances vont être *bientôt*
(5e prin-

déçues ! que *ton amour maternel va souffrir* —
cipe)   (1° du 2e pr.)

Tiens, *lis les* Psaumes, *lis Isaïe*, que te disent
(1° du 7e pr.)   (Idem)

ces prophètes ? — Ah ! tu vois ce fils, que *ton
cœur aime tant*, à de si justes titres, *devenir*
(3° du 2e pr.)   (1° du

la risée de tout ton peuple. Tu le vois traiter,
1ᵉʳ pr.)

non, comme le *dernier des hommes,* mais
(3º du 4ᵉ pr.)

comme un roseau que le passant *foule sous*
(4º du

ses pieds. Ses amis et ses proches *se soulèveront*
3º pr.)   (3º du

contre lui, le battront de verges et ce beau
1ᵉʳ pr.)

corps que *tu couvres maintenant* si amoureuse-
(6º du 3ᵉ pr.)

ment de baisers maternels ne sera plus *qu'une*
(2º du

large plaie. Ses os *seront dépouillés* de leur
3ᵉ pr.)   (5º pr.)

chair sacrée et l'on pourra les compter.

Cela ne suffit pas. — *Tourne la page,* ô Ma-
(6º pr.)

rie, *que lis-tu encore?* Ah! *on l'a condamné*
(1º du 7ᵉ pr.)   (1º du

à mourir, comme le dernier des infâmes, ton
3º pr.)

10

Dieu; on *a percé de clous acérés* ses mains et
(2° du 7° pr.)

ses pieds et *l'on pousse* la barbarie jusqu'à
(Idem)

abreuver de fiel et de vinaigre, cet homme qui
va mourir. Elles seront donc bien grandes, ses
souffrances, puisque lui-même te dit : *Attendite*
(1° du

et videte si est dolor sicut dolor meus : Vois,
4° pr.)   (Idem)

Marie, vois ma mère, si jamais homme a souf-
(Idem)

fert *comme je souffre.*
(3° du 2° pr.)

Mais quels sont, pensez-vous, les sentiments
(1° du 4° pr.)

qui agitent en ce moment l'âme de Marie ? *Non,*
ce n'est point une désolation profonde ; *non,*
(5° pr.)

ce n'est point le désespoir de l'affliction. *Sa belle*
(Idem)   (2° du

âme placée à la hauteur de sa mission donne
3° pr.)

peu de chose au sentiment maternel; et à chaque trait qui *transperce son cœur*, pour le
(2° du 7° pr.)

réconforter elle répète cette puissante parole : FIAT MIHI SECUNDUM VERBUM TUUM : *qu'il me*
(3° du 2e pr.) (Idem)

soit fait selon votre volonté, Seigneur. Je boirai jusqu'à la lie le calice d'amertume que vous m'offrez.

Ah! quand nous voyons ces hommes *qui se*
(3° du

sacrifient pour l'indépendance de leur patrie
4e pr.)

opprimée, *voilà de la grandeur* d'âme, du dé-
(1° du 3e pr.)

vouement, disons-nous; mais quand nous voyons Marie préparer son fils *pour le grand*
(3° du

sacrifice du monde et s'y préparer dès long-
1er pr.)

temps elle-même *avec une si grande générosité,*
(2° du 3e pr)

ce n'est plus de la grandeur d'âme seulement,
(5ᵉ pr.)

mais *bien du sublime, de l'héroïsme dans* cette
(5° du 4ᵉ pr.)

grandeur.

Nº 15. — ANALYSE DE GESTES.

Non-seulement vos facultés intellectuelles *sont consacrées* à Dieu, mais encore votre corps.
(1° du 3ᵉ pr.)

Écoutez saint Paul : VOS ESTIS CORPUS CHRISTI :
(Idem)

vous êtes le corps de Jésus-Christ, participant,
(Idem)

selon saint Léon, de la nature divine; vous êtes en un mot *d'autres J.-C.*, d'autres fils de
(Idem)

Dieu. Par conséquent vos mains *sont les mains*
(Idem)

de Jésus-Christ, vos yeux, votre langue, *les yeux, la langue* de Jésus-Christ, *vous portez en*
(Idem)   (3° du 2ᵉ pr.)

vous-même le corps de Jésus-Christ : CHRIS-
TUM INDUISTIS. Oh ! dès lors quel *grand respect
pour votre corps* ! quel *saint usage de tous vos*
(Idem)   (Idem)

membres, de tous vos sens ! Désormais vos yeux
doivent *porter l'empreinte* de la modestie la
(3° du 1er principe)

plus sévère ; vous devez, avec un soin tout particulier, *les préserver de tout* ce qui pourrait les
(2° du 3e principe)

souiller. Votre langue ne *doit être employée*
(1° du 4e pr.)

qu'à louer, qu'à bénir le Seigneur, *qu'à s'entre-*
(Idem)

tenir de choses édifiantes dans vos relations
avec le prochain. *Que jamais blasphème,* que
(5e principe)

jamais lubrique parole ne vienne ternir sa pu-
(Idem)

reté. Que pareillement vos mains *ne soient*
(3° du

employées qu'en de saints usages. *Respectez,*
4e principe)   (1° du 3e pr.)
10.

oui, *respectez-le* bien tout votre corps, c'est le

(Id.)

corps de Jésus-Christ *dont vous êtes revêtu :*

(6° du 3° principe)

Vos estis corpus Christi, Christum induistis.

Hélas ! en entendant ces paroles de l'apôtre,
mon cœur se brise de douleur ! *Qui de vous*

(1° du 2° pr.)   (1° du

osera se lever et jurer *en face de ces* saints ta-

(4° pr.)   (3° du 1er pr.)

bernacles qu'il a depuis son baptême traité son
âme comme le temple du Saint-Esprit ? Qui de
vous *osera prétendre* qu'il a toujours respecté

(Id.)

son corps comme le corps de Jésus-Christ ?
Que de souillures, grand Dieu ! que de crimes

(1° du 4° principe)

ne voyez-vous pas dans ces âmes, dans ces

(1° du 1er pr.)

corps ! Eh quoi ! *respectez-vous* votre esprit,

(1° du 4° pr.)

quand vous le nourrissez de tant de pensées de

vanité et d'orgueil ? respectez-vous encore votre esprit, quand vous l'employez *à contempler des*

(1° du

pensées hideuses ? Que faites-vous de votre mé-
1er pr.)

moire ? Vous est-elle donnée pour *vous rappeler*

(Id.)

avec complaisance le souvenir de vos chutes passées ? — *Et votre cœur,* ce pauvre cœur,

(1° du 2e pr.)

ah ! combien de fois ne l'avez-vous *pas avili !*

(4° du 3e pr.)

De quelles flammes impures *n'a-t-il pas brûlé*

(1° du 2e principe)

et ne brûle-t-il pas encore peut-être ! Combien de fois n'a-t-il pas été le *sanctuaire* de la haine

(Id.)

et de la vengeance !

Qu'avez-vous fait de votre corps ? Combien

(1° du 4e principe)

de fois n'avez-vous *point souillé vos yeux* par

(4° du 3e principe)

des regards peu chastes ! Combien de fois

votre langue *n'a-t-elle pas proféré de* blas-

(3º du 4ᵉ principe)

phèmes et *distillé le venin* de la calomnie et de

(3º du 4ᵉ pr.)

la médisance! Combien de discours *qui ne respiraient* que la licence et la lubricité! *Sont-*

(Idem)   (1º du

elles pures vos mains, oui vos mains?.... *Sou-*

7º pr.)

venez-vous de ces crimes que vous avez commis

(1º du 7ᵉ principe)

dans l'ombre, fuyant le jour, car vous sentiez tout l'odieux qu'emportaient avec eux les forfaits que vous alliez commettre. *Et vos pieds,*

(Idem)

combien de fois ne les avez-vous pas employés pour procurer un aliment à toutes vos passions. VOS ESTIS CORPUS CHRISTI, CHRISTUM INDUISTIS : et cependant vous êtes le corps de Jésus-Christ, *vous avez revêtu* Jésus-Christ. Mais, ô mon

(6º du 3ᵉ principe)

Dieu! quel affreux changement! *Non, non,*

(5ᵉ principe)

j'ai beau regarder, *je ne vois* plus en vous des
(Id.)

traces de Jésus-Christ. Cui comparabo te, vel
cui assimilabo te, filia Jerusalem : *pauvre*
(3° du

âme, pauvre frère à qui pourrai-je vous com-
2e principe)

parer maintenant? *Vous brilliez autrefois* d'un
(1° du 1er principe)

éclat plus pur que les étoiles du ciel, *vous étiez*
(2° du 3e prin-

roi par le baptême, vous *aviez amassé* de grands
cipe)   (6° du 3e pr.)

trésors ; où sont toutes ces richesses *qui or-*
(1° du

naient votre âme? Où est cette auréole de sain-
1er pr.)

teté *qui brillait* sur vos fronts d'un éclat plus
(Id.)

vif que les plus beaux diadèmes? Hélas! un
monstre cruel, une bête féroce *vous a tout dé-*
(4° du 3e pr.)

voré : BESTIA PESSIMA DEVORAVIT JOSEPH. *A qui*
(1º du

pourrai-je donc vous comparer maintenant,
4ᵉ pr.)

pauvre âme, pauvre frère : CUI COMPARABO TE
(3º du 2ᵉ principe)

VEL, CUI ASSIMILABO TE FILIA JERUSALEM.

A qui se donne-t-il le chrétien qui profane
(1º du 4ᵉ principe)

ainsi son âme et son corps? Quelle est sa nouvelle condition?

Pécheurs qui m'écoutez, entendez saint
(1º du 7ᵉ pr.)

Thomas vous dire : Vous vous êtes dépouillés
de Jésus-Christ pour *vous revêtir des livrées du*
(2º du 3ᵉ pr.)

démon ; vous avez mieux aimé être esclave du
démon, que de jouir de *l'heureuse indépendance*
(3º du 3ᵉ principe)

des enfants de Dieu ; vous avez préféré *la condi-*
(4º du

tion ignominieuse d'un voleur à *la condition*
    3° principe)   (3° du

glorieuse d'un roi. *Etrange préférence ! Quoi,*
  3° principe)   (6° principe)   (1° du 4° pr.)

vous avez mieux aimé que *votre âme fût le*
                                    (1° du

sanctuaire de l'esprit immonde que le sanc-
  2° principe)

tuaire de l'Esprit-Saint ? Vous avez mieux aimé
que votre cœur ressentît les affections grossières
    (Id.)

que donne la créature que ces suaves affections
que procure le commerce de l'homme avec la
Divinité ? Vous avez mieux aimé *revêtir le ca-*
                          (2° du 3° pr.)

ractère de la brute que le brillant uniforme des
enfants de Dieu ? *Goût pervers,* qui vous ouvre
          (6° principe)

un avenir rempli de crimes et *l'Enfer pour*
                    (4° du 3° pr.)

terme final de toutes vos profanations.

Il ne suffit pas au pécheur d'être profana-

teur, il *pousse plus loin* sa barbarie, il *devient*
(2° du 7° principe) (1° du

déicide : RURSUM CRUCIFIGENTES SIBEMETIPSIS
3° pr.)

FILIUM DEI.

Le pécheur *prend Jésus-Christ* qui habite en
(2° du 2° principe)

lui, *lui dresse, en son âme* et en son corps,
(Idem)

comme sur un nouveau calvaire, *une croix ;*
(1° du 3° pr.)

et de concert avec l'esprit infernal qui devient
son maître, le *rassasie d'opprobres.* Eh quoi !
(3° du 1er principe)

lui dit-il, *tu voudrais, toi*, roi des Juifs, régner
(1° du 7° principe)

sur mon âme, sur mon corps, sur tout mon
être? Roi des Juifs, *tu voudrais, toi*, que je me
(Idem)

sevrasse des plaisirs que me procurent et mes
sens et le monde? Roi des Juifs, *tu voudrais*,
(Idem)

toi, que ma vie fût un continuel martyre pour combattre ces doux penchants que m'a donnés la nature? *Non*, *non*, tu es un scélérat, tu es
(5e pr.)

un blasphémateur, Reus est mortis : *tu es cou-*
(4o du 3e pr.) (Id.)

pable de contrarier ainsi la nature, *tu mérites la*
(Id.)

mort. Et c'est alors que par son consentement au crime, *il met à mort en lui J.-C.* Rursum
(6e pr.)

Crucifigentes sibimetipsis filium Dei. *Voilà*,
(1o du

pécheurs, jusqu'où vous entraîne le péché.
(3e principe)

D'après saint Paul vous êtes déicides, vous *avez crucifié* Jésus-Christ, comme les Juifs.
(Id.)

N° 16. — Analyse de Gestes.

Quel est au Capitole, cet homme venu de
(1o du 7e principe)

l'Orient qui tient sur son cœur, cachée sous sa

11

robe de Juif, une croix de bois? *Il est là*, dans

(Id.)

la foule agitée : *il voit* peut-être passer Néron

(Id.)

qui s'en va à sa maison d'or, et qui bientôt le

(3° du 4° pr.)

fera crucifier : c'est lui qui doit succéder

(3° du 1er pr.)   (1° du 7° pr.)

aux Césars; car *c'est lui*, un jour, sous le ciel

(Id.)

d'Orient, qui a dit à un autre homme : « *Vous*

(1° du

êtes le Christ, fils du Dieu vivant : Tu es

3° principe)

Christus, filius Dei vivi ! et *c'est à lui* que

(1° du 7° pr.)

cet homme, fils du Dieu vivant, a répondu : Simon, fils de Jean, ce n'est pas la chair ni le sang qui te l'ont révélé, mais *mon Père* céleste ;

(Id.)

et moi je te dis : Tu es pierre, et *sur cette*

(1° du

pierre, je bâtirai mon église. »

3° pr.)

Quel est cet autre oriental, qui arrive par
(1° du 7° principe.)

cette voie Appienne *où a passé* tout le vieux
(6° pr.)

monde ? Le voyez-vous, à Pouzzoles, *debout* sur
(3° du 3° pr.)

la poupe du navire, portant avec lui l'Évangile
et la fortune du monde, *jetant* de *là un regard*
(3° du

impatient sur l'Italie ? *Il s'avance* jusqu'à ce
1er principe)   (7° du 3° pr.)

forum apii et ces *tres tabernas qui sont là en-*
(1° du 3° principe.)

core : là il rencontre les chrétiens de Rome
(Id.)

venus *au devant de lui*, et consolé, fortifié par
(3° du 1er principe)

leur affection, car *dans sa poitrine* d'apôtre il
(1° du 2° pr.)

portait un cœur d'homme, et le texte sacré remarque que *son cœur* avait besoin de confiance,
(Id.)

— il en prit *accepit fiduciam*, et *remerciant*
(3° du

Dieu, gratias agens Deo, il *marche en avant,* à
4ᵉ pr.)   (7º du 3ᵉ pr. pour se

travers ces fastueux tombeaux que nous voyons
terminer par le 2º)

encore et les temples des faux dieux, *vers cette*
                                        (3º du

grande Rome qu'il venait *conquérir* à Jésus-
  1ᵉʳ principe)   (1º du 3ᵉ pr.)

Christ : *c'est Paul,* l'apôtre des nations, qui
  (1º du 7ᵉ pr.)

vient finir à Rome, par le martyre, cette
grande carrière apostolique *commencée à*
                          (1º du 3ᵉ pr.)
Damas.

Ah ! quand je songe à *ces deux hommes,* à
                      (1º du 7ᵉ pr.)

ce batelier de la Galilée, à cet autre faiseur de
tentes, *marchant contre* le colosse romain, eux
    (3º du 1ᵉʳ pr.)

seuls, *je suis saisi !*
    (4º du 3ᵉ pr.)

MGR DUPANLOUP.

Nº 17. — ANALYSE DE GESTES.

Rome, l'unique objet de *mon ressentiment* !
> (Nota du 6ᵉ princ.)

Rome, à qui vient ton bras d'*immoler* mon amant!
> (4º du 3ᵉ princ.)

Rome, qui t'*a vu naître* et que ton cœur adore !
> (5º du 4ᵉ princ.)

Rome enfin *que je hais,* parce qu'elle t'honore !
> (Nota du 6ᵉ princ.)

Puissent tous ses voisins *ensemble conjurés*
> (6º du 3ᵉ princ.)

Saper ses fondements encor mal assurés!
(6. princ.)
Et si ce n'est assez de toute l'Italie,

Que l'Orient *contre elle* à l'Occident s'allie
> (3º du 1ᵉʳ princ.)

Que *cent peuples unis* des bouts de l'univers
> (6º du 3ᵉ princ.)

Passent *pour la détruire* et les monts et les mers
> (4º du 3ᵉ princ.)

Qu'elle même sur soi *renverse ses murailles*
> (5ᵉ princ.)

Et de ses propres mains *déchire ses entrailles !*

(Id.)

Que le *courroux du ciel* allumé par mes vœux

(1° du 7ᵉ princ.)

Fasse pleuvoir sur elle un déluge de feux !

(4° du 3ᵉ pr.)

Puissé-je de mes yeux *y voir tomber* ce foudre,

(Id.)

Voir ses maisons en cendre et tes lauriers *en poudre,*

(Id.)

Voir le dernier Romain à son dernier soupir,

(1° du 7ᵉ princ.)

Moi seule en être cause et *mourir de plaisir !* Corneille,

(1° du 2ᵉ princ.) (4° du 3ᵉ princ.)

N° 18. — Analyse de Gestes.

Infidèles Hébreux ! vous *ne le vengez pas !*

(3° du 1ᵉʳ princ.)

Cieux qui la possédez, tonnez sur les ingrats !

(1° du 7ᵉ princ.) (4° du 3ᵉ princ.)

Lieux teints de ce beau sang que l'*on vient de répandre,*

(2° du 3ᵉ princ.)

Murs *que j'ai relevé*, palais, *tombez en cendre* ;

    (5° du 4ᵉ princ.)   (4° du 3ᵉ princ.)

Cachez sous les débris de vos superbes tours

(2° du 3ᵉ princ.)

La place où Mariamne a vu *trancher ses jours*.

               (6ᵉ princ.)

Temple, que pour jamais tes voûtes *se renversent !*

          (4° du 3ᵉ princ.)

Que d'Israël détruit les enfants *se dispersent !*

         (5ᵉ princ.)

Que sans temple et sans rois, *errants*, persécutés,

       (3° du 4ᵉ princ.)

Fugitifs en tous lieux et partout *détestés*,

         (Nota du 6ᵉ pr.)

Sur leurs fronts égarés *portant* dans leur misère

(3° du 1ᵉʳ princ.)

Des vengeances de Dieu *l'effrayant caractère*,

       (3° du 1ᵉʳ pr.)

Ce peuple aux nations *transmette* avec terreur,

       (Id.)

Et l'horreur de mon nom et *la honte du leur*.

       (4° du 3ᵉ princ.)

          (MARIAMNE, acte v.)

EXERCICES POUR LA VOIX D'APRÈS DUQUESNOIS

Nous empruntons à Duquesnois les exercices suivants, parce qu'ils nous paraissent assez conformes à la vérité et qu'ils rendent assez fidèlement nos règles établies. Voici l'explication des signes employés :

Ce trait | marque des pauses légères ;

l. h.	veut dire légèrement haut ;
h.	haut ;
p. h.	plus haut ;
b. h.	bien haut ;
t. h.	très-haut ;
b.	bas ;
l. b.	légèrement bas ;
p. b.	plus bas ;
b. b.	bien bas ;
t. b.	très-bas.

Ce tableau doit être fait avec des sons vifs qui marquent l'empressement que l'on a mis à se rendre à l'appel du singe.

Entrez, *p. h.* entrez, messieurs, *p. b.* criait notre Jacquot;
C'est ici *b. h.* c'est ici qu'un spectacle nouveau
Vous charmera | gratis; oui, messieurs; à la porte
On ne prend point d'argent, *h.* je fais | *p.h.* tout pour l'hon-
[neur.

Dans ce passage on doit imiter ces gens qui montrent des curiosités dans les foires; mais cependant mettre quelque chose de plus gracieux et de moins important. Jacquot, ne travaillant pas pour l'argent, n'a que le plaisir de l'affaire. Après *c'est ici*, on ajoutera *seulement*, pour faire entendre aux spectateurs que c'est ici seulement qu'on voit du merveilleux. *Oui, messieurs*, sera dit comme si c'était une réponse à quelques personnes de l'assemblée qui sembleraient élever des doutes sur ce qu'un spectacle annoncé avec tant de pompe fût *gratis*. *Je fais tout pour l'honneur* devra être dit avec grâce, légèreté et satisfaction.

A ces mots, | chaque spectateur

A ces mots, exprimera : Vous concevez que, cela ne coûtant rien, tout le monde s'est empressé d'entrer.

> Va se placer. On apporte
> La lanterne magique, on ferme *l. h.* les volets,
> Et par un discours fait exprès,
> Jacquot | *p. h.* prépare l'auditoire.

Ce passage, rendant compte de l'importance qu'on a mise à faire tous les préparatifs, sera dit en détachant les parties.

> Ce morceau, *l. b.* vraiment oratoire
> *h.* Fit bâiller, mais on applaudit.

Bâiller faisant image et surtout étant en opposition avec *applaudit*, se dit en articulant longuement et fortement la première syllabe et en laissant tomber le son sur la seconde, afin d'imiter l'ennui ; et *on applaudit*, au contraire, sera dit légèrement, pour simuler de petits applaudissements de complaisance.

> Content de son succès, | *l. h.* notre singe | *p. h.* saisit
> Un verre peint | qu'il met *l. b.* dans sa lanterne.

Ici on doit rendre le ravissement du singe

qui vient d'être applaudi : il faut montrer Jacquot saisissant avec le bout des doigts un verre
peint et le poussant avec vivacité dans sa lanterne. Les sons, par conséquent, seront vifs et
petillants.

Il sait | *l. b.* comment on le gouverne,
Et crie, en le poussant : *h*, Est-il rien de pareil ?
Messieurs, vous voyez | *l. h.* le soleil,
h. Ses rayons *p. h.* et toute sa gloire.
Voici présentement | *b.* la lune, et puis l'histoire
D'Adam, *h.* d'Éve *p. h.* et des animaux.
h. Voyez, messieurs, comme ils sont beaux !
b. h. Voyez | la naissance du monde.
t. h. Voyez ..

Tout ce discours doit être dit avec l'enthou-
siasme d'un homme fort content de lui-même.
Les sons seront beaux et brillants et iront toujours croissant. Il resteront suspendus sur le
dernier *voyez.*

Les spectateurs, *l. b.* dans une nuit profonde,
Ecarquillaient les yeux, et ne pouvaient | rien voir ;

Les spectateurs, plongés dans une grande
obscurité, ouvraient vainement de grands yeux
pour voir les merveilles qu'on leur annonçait.

Ces deux vers seront dits avec des sons un peu sourds et longs, surtout pour le mot *écarquil-laient.*

L'appartement, | *p.b.* le mur, *b. b.* tout était noir.
Ma foi, | *b.* disait un chat, | de toutes les merveilles
    l. h. Dont il étourdit nos oreilles,
    h. Le fait est | que je ne vois rien.
    b. b. Ni moi non plus, *l. h.* disait un chien.
Moi, *l.b.* disait un dindon, je vois bien | *l. h.* quelque chose.
    Mais je ne sais | *p. h.* pour quelle cause
    Je ne distingue pas *b.* très-bien.

L'auteur met en scène trois personnages d'un tempérament tout à fait différent : le nerveux dans le chat, le sanguin dans le chien, le lymphatique dans le dindon. Chacun de ces personnages doit avoir une prononciation en harmonie avec son tempérament. Le chat aura une articulation serrée, dont toutes les syllabes se détacheront comme des petits coups de marteau ; le chien l'aura plus forte et plus pesante, et le dindon l'aura lâche et traînante ; sa phrase sera dite avec l'accent d'une personne qui croit voir.

Pendant tous ces discours, | *l. h.* le Cicéron moderne
h. Parlait éloquemment | *p. h.* et ne se lassait poiut;

Sitôt que les conversations sont terminées, il faut reprendre le mouvement qu'on a laissé; le son doit indiquer que le singe n'a rien écouté, étant tout à son affaire.

Il n'avait oublié | *l. h.* qu'un point :
C'était | *p. h.* d'éclairer sa lanterne.

Le récit est terminé. On fera un assez long repos après *oublié*, pour bien détacher *qu'un point.* On en fera également un autre après *c'était*, qu'on dira en suspendant le son pour bien fixer l'attention; et d'éclairer sa lanterne sera dit sur un rire moqueur.

SECOND TON OU TON DOUX

LA PAUVRE FILLE

Élégie

Les sons de l'élégie sont doux et suaves, et toujours empreints d'un sentiment mélancolique. Ici c'est une jeune fille de quatorze ans qui vient exhaler sa plainte et mourir sur la pierre où sa mère l'a abandonnée. La voix sera donc plus souple et plus douce encore que dans une autre élégie.

> J'ai fui | *l.b.* ce pénible sommeil
> Qu'aucun songe heureux n'accompagne ;
> J'ai devancé | *l. h.* sur la montagne]
> Les premiers rayons du soleil.]

Ce premier passage, montrant l'état de malaise de la jeune fille, sera dit avec des sons entrecoupés, qui marquent l'agitation d'une

personne qui ne sait que devenir et que faire,
qui va, qui vient, etc.

S'éveillant avec la nature,
l. h. Le jeune oiseau | *h.* chantait sous l'aubépine en fleurs;
Sa mère | lui portait *l. b.* la douce nourriture,
p. b. Mes yeux | *b.* se sont mouillés de pleurs.
Oh! *l. h.* pourquoi | n'ai-je pas de mère?
p. h. Pourquoi | ne suis-je pas | semblable au jeune oiseau
Dont le nid | se balance aux branches de l'ormeau?
l. h. Rien ne m'appartient sur la terre,
l. b. Je n'eus pas même de berceau;
Et je suis un enfant | *b.* trouvé sur une pierre
p. b. Devant l'église du hameau.

La nature, loin de lui montrer des tableaux
qui fassent diversion à sa tristesse, lui montre
un jeune oiseau que sa mère nourrit. A cette
scène attendrissante, son cœur se brise. *Oh!*
pourquoi, etc., sera dit avec des sons plaintifs.

Loin de mes parents exilée,
De leurs embrassements | *l. h.* j'ignore la douceur,
p. h. Et les enfants de la vallée
h. Ne m'appellent jamais leur sœur.
Je ne partage point les jeux de la veillée;
l. h. Jamais | *l. b.* sous son toit de feuillée

h. Le joyeux laboureur | ne m'invite à m'asseoir,
Et *l. b.* de loin | je vois sa famille,
l. h. Autour du sarment qui petille,
Chercher | *h.* sur ses genoux | les caresses du soir.

Tout ce morceau, exprimant l'abandon dans lequel elle se trouve, sera rendu par des sons longs et tristes.

Vers la chapelle hospitalière
En pleurant | j'adresse mes pas,
l. h. La seule demeure ici-bas
Où je ne sois point étrangère,
p. h. La seule | devant moi | qui ne se ferme pas.

Elle remercie Dieu des consolations qu'il lui prodigue et de l'hospitalité qu'il lui donne. Ces vers seront dits avec un accent religieux, mêlé toutefois de soupirs.

Souvent | je contemple la pierre
Où commencèrent mes douleurs;
l. b. J'y cherche | *p. b.* la trace des pleurs
Qu'en m'y laissant | *b. b.* peut-être | *b.* y répandit ma mère.

Tout en déplorant son sort, elle excuse sa mère et la plaint. Elle pleure en pensant qu'elle a dû bien souffrir en l'abandonnant. Ici, c'est le sentiment de l'amour filial. Le dernier vers surtout sera dit avec des larmes.

Souvent aussi | mes pas errants
Parcourent des tombeaux *l. h.* l'asile solitaire ;
Mais | *h.* pour moi | *l.h.* les tombeaux | sont tous indifférents
La pauvre fille | *h.* est sans parents,
p. h. **Au** milieu des cercueils | *h.* ainsi que sur la terre.

Ce passage présente à la fois une action et un tableau. L'action doit montrer cette jeune fille qui va dans le cimetière interroger toutes les inscriptions ; et le tableau, le chagrin qu'elle éprouve en les trouvant toutes muettes. Dans le premier cas, il faut des sons longs qui marquent quelqu'un qui marche douloureusement et cherche avec soin ; et dans le second également, des sons longs, mais mêlés de soupirs qui expriment la douleur et le regret.

J'ai pleuré | *l. h.* quatorze printemps
Loin des bras | qui m'ont repoussée ;
Reviens, ma mère, | *h.* je t'attends
Sur la pierre | *b.* où tu m'as laissée !

Ici, c'est le cri d'une âme qui se brise ; il

sera dit comme si elle faisait un dernier effort pour parler et succomber ensuite.

La pauvre fille | hélas! | *l. b.* n'attendit pas longtemps.
Plaintive, | *b.* elle mourut | *p. b.* en priant *b.* pour sa mère.

Le regret qu'éprouve le narrateur, en racontant la fin malheureuse de la jeune fille, doit être rendu avec des sons profondément tristes.

On dit qu'une femme étrangère,
l. h. Un jour, | le front voilé, | parut dans le hameau;
Mais | *l. b.* parmi les gazons *p. b.* et l'épaisse bruyère,
On ne put découvrir | *b.* la trace du tombeau.

Ce tableau d'une mère qui vient pour réparer sa faute, et qui en reçoit le châtiment, sera fait avec des sons qui expriment une douleur profonde.

TROISIÈME TON OU GENRE DRAMATIQUE

EXORDE DE BRIDAINE

« A la vue d'un auditoire | si nouveau pour moi, il semble, | *b.* mes frères, que je ne devrais ouvrir la bouche | que pour vous demander grâce | en faveur d'un pauvre missionnaire | dépourvu | de tous les talents que vous exigez, quand on vient vous parler | de votre salut. »

Il faut que les sons soient harmonieux, mais non entièrement arrêtés, parce que cette phrase est une réticence. Lorsque, dans un sermon, le mot *frères* se présente, on doit le détacher et le dire un peu plus bas, avec onction et amour.

« J'éprouve | cependant | un sentiment *h.* bien différent, et, si je me sens humilié, *h.* gardez-vous de croire que je m'abaisse | aux misérables inquiétudes de la vanité. »

Comme l'indignation que le père Bridaine a éprouvée lui cause une légère agitation, il ne

veut pas laisser croire à son auditoire que c'est
lui qui en est la cause. L'accent doit être ferme,
mais toujours harmonieux. Le mot *humilié* doit
être dit, comme s'il y avait : mais si j'éprouve
de l'agitation, gardez-vous, etc.

« A Dieu ne plaise | qu'un ministre du ciel
| pense jamais avoir besoin d'excuse auprès
de vous ; car, *h.* qui que vous soyez, vous
n'êtes tous, *b.* comme moi, au jugement de
Dieu, | *h.* que des pécheurs. »

Bridaine prend sa place d'homme de Dieu,
et fait entendre à son brillant auditoire qu'il va
lui dire la vérité. Les sons doivent être brillants
et fermes.

« C'est donc uniquement devant votre Dieu
et *b. le mien* | que je me sens pressé | dans ce
moment | de frapper ma poitrine. »

Le prédicateur déclare à son auditoire qu'il
ne reconnaît d'autre puissance que celle de
Dieu. *Le mien* doit être détaché et dit avec
amour et vénération. Ce passage sera forte-

ment articulé. Après cette solennelle déclara-
tion qui a frappé d'étonnement son auditoire,
Bridaine fait une diversion pour mieux le préparer aux grands coups qu'il va lui porter.

« Jusqu'à présent | *b.* j'ai publié les justices
du Très-Haut | dans des temples | *b. b.* cou-
verts de chaume; *b.* j'ai prêché les rigueurs de
la pénitence | à des infortunés | dont la plu-
part | *t. b.* manquaient de pain; *b.* j'ai an-
noncé les vérités les plus effrayantes de ma re-
ligion | *p. b.* aux bons habitants des campa-
gnes. Qu'ai-je fait, malheureux ! J'ai contristé
les pauvres, *b.* les meilleurs amis de mon Dieu !
J'ai porté l'épouvante et la douleur | *p. b.* dans
ces âmes | *b. b.* simples et fidèles que j'aurais
dû | plaindre et consoler ! »

On doit exprimer tout le regret qu'éprouve
Bridaine, en mettant un peu de larmes dans sa
voix. Elles doivent se faire plus sentir dans la
seconde partie, surtout quand il dit : *les meilleurs amis de mon Dieu.*

Il est nécessaire, pour s'habituer à dire les
trois premières périodes, de mettre à la fin de

chacune : Qu'ai-je fait, malheureux ! Par conséquent, de dire : Jusqu'à présent j'ai pu-
blié, etc., j'ai prêché, etc., j'ai annoncé, etc.,
en ajoutant chaque fois : Quai-je fait, malheureux !

Quand on veut déterminer des larmes dans
un auditoire, on donne à ses syllabes beaucoup
plus de longueur.

Après avoir exprimé ses regrets, Bridaine
fait un repos : il jette un regard sévère sur son
auditoire ; il réunit ses forces comme pour
l'accabler et s'écrie :

« C'est ici | où mes regards | ne tombent |
que *l. h.* sur des grands, *h.* sur des riches,
p. h. sur des oppresseurs de l'humanité souf-
frante | ou sur des pécheurs audacieux et en-
durcis ; ah ! c'est ici seulement, *l. b.* au milieu
de tant de scandale, qu'il fallait faire retentir
la parole sainte | *p. h.* dans toute la force | de
t. h. son tonnerre et placer avec moi, *l. b.* dans
cette chaire, *p. h.* d'un côté, *b.* la mort qui
vous menace, et *l. h.* de l'autre, | *t. h.* mon
grand Dieu, qui vient tous nous juger. Je tiens

déjà dans ce moment | votre sentence *p. h.* à
la main : *t. h.* Tremblez donc devant moi,
hommes *l. h.* superbes et *l. b.* dédaigneux qui
m'écoutez ! »

Ce passage vigoureux, pour produire de
l'effet, a besoin d'être dit avec des sons fortement articulés. Dans ces sortes de mouvements,
il est nécessaire de respirer souvent, de manière cependant à ce que cela ne paraisse pas.
Il serait impossible d'arriver jusqu'à la fin sans
le secours de la respiration, puisque l'action va
crescendo. Il faut donc calculer ses forces de
façon à dire avec la plus grande énergie :
Tremblez, donc, etc.

« L'abus ingrat | de toutes les espèces de
grâces : *l. h.* la nécessité du salut, *h.* la certi-
tude de la mort, *p. h.* l'incertitude de cette
heure si effrayante pour vous, *h.* l'impénitence
finale, *p. h.* le jugement dernier, *b. h.* le petit
nombre des élus, *b.* l'enfer, et par-dessus tout,
h. l'éternité, *t. h.* l'éternité ! Voilà les sujets |
dont je viens vous entretenir. e que j'aurais

dû | *l. b.* sans doute | réserver pour vous seuls. »

L'accent de cette énumération sera simple, noble et énergique tout à la fois.

« Eh ! qu'ai-je besoin de vos suffrages | qui me damneraient | *l. b.* peut-être | sans vous sauver ? »

Le ton de cette exclamation doit être empreint d'un sentiment dédaigneux. Ici Bridaine s'arrête : il lui semble qu'il a suffisamment dit pour prouver à son auditoire qu'un ministre de Dieu est au-dessus de toutes les distinctions humaines. Maintenant ce n'est plus lui qui va parler et agir, c'est Dieu.

« Dieu | va vous émouvoir, *l. b.* tandis que son indigne ministre vous parlera; car j'ai acquis une longue expérience de ses miséricordes ; c'est lui-même, *p. h.* c'est lui seul qui, dans quelques instants, | va remuer le fond de vos consciences ; aussitôt, | *l. h.* saisis d'effroi, *h.* pénétrés d'horreur pour vos iniquités passées, vous viendrez vous jeter | entre mes bras de charité, | *l. b.* en versant des larmes de componction et de repentance, et, *h.* à force de remords, vous me trouverez assez éloquent. »

Un ton onctueux, suave et paternel doit terminer cet exorde.

Nous avons marqué les tons qui conviennent à cet exorde, mais nous ne prétendons pas l'offrir comme modèle ; quoiqu'il soit très-souvent cité, nous ne nous faisons pas illusion sur les défauts de convenance et de vérité qu'il présente.

Début de la première scène d'Athalie.

Le sujet de cette pièce est trop connu pour que nous ayons besoin de tracer le portrait du caractère et de la situation des deux interlocuteurs : Abner et Joad.

ABNER.

Oui, je viens | *l.h.* dans son temple | *l. b.* adorer l'Éternel
h. Je viens, *l.b.* selon l'usage antique et *l.h.* solennel,
Célébrer avec vous | la fameuse journée
Où sur le mont Sina | la loi nous fut donnée.

Pour bien rendre ces premiers vers, on doit supposer que Joad vient d'adresser ce reproche à Abner : « Comment ! c'est vous, Abner, qui venez dans le temple ? » Alors le monosyllabe *oui* sera une réponse affirmative. Ces vers, montrant le retour sincère d'Abner vers Dieu, doivent être dits avec amour et vénération. Dans ce cas, les sons sont toujours suaves. On aura soin d'articuler fortement les deux rimes féminines, afin que l'oreille puisse les distinguer.

Que les temps sont changés !

Quand une exclamation exprime la douleur, elle se fait sur l'expiration. Celle-ci sera donc dite sur le ton du soupir.

Sitôt que de ce jour,
La trompette sacrée | annonçait le retour,
Du temple *l. b.* orné partout de festons magnifiques,
Le peuple saint | *t. h.* en foule | inondait les portiques ;

Il serait impossible de rendre ce passage, si on ne mettait pas devant le mot *autrefois. En foule,* faisant image, a besoin d'être non-seulement détaché, mais encore prononcé largement et sourdement tout à la fois, afin d'imiter le bourdonnement de la foule qui se précipite.

Et tous | devant l'autel | avec ordre introduits,
De leurs champs | dans leurs mains | portant les nouveaux
                                                fruits,]
h. Au Dieu de l'univers | consacraient les prémices.

Le son indiquera le sentiment de vénération que chacun apportait à la cérémonie de l'offrande des prémices, et de plus marquera le plaisir mêlé de regret qu'Abner éprouve à rappeler ces pieux souvenirs.

Les prêtres | ne pouvaient | suffire aux sacrifices.

Il faut entendre : *il y avait tant de monde, que les prêtres,* etc., sans cela ce vers ne résumera pas l'expression du regret que renferme le passage qu'on vient d'analyser.

L'audace d'une femme, *l. b.* arrêtant ce concours,
En des jours ténébreux | a changé ces beaux jours.

Ici le ton change : Abner croit qu'Athalie est

la cause de tout le mal. Son courroux lui fait oublier qu'il parle d'une reine qu'il a servie et qu'il sert encore ; aussi emploie-t-il l'épithète de *femme*, et il est probable que, s'il ne parlait pas dans un temple et à un grand-prêtre, il se servirait d'un nom plus énergique ; mais quoiqu'il n'y ait que le mot *femme*, on doit mettre dans l'expression toute l'indignation et le mépris qu'il ressent pour Athalie.

D'adorateurs zélés *h.* à peine | un petit nombre
Ose | *l.h.* des premiers temps | nous retracer quelque ombre,
h. Le reste | pour son Dieu | montre un oubli fatal,
p. h. Ou même, s'empressant aux autels de Baal,
Se fait initier à ses honteux mystères,
b. h. Et blasphème le nom | qu'ont invoqué leurs pères...

Le reste, etc. Ici il ne doit plus y avoir du regret, mais du mépris pour cette tourbe sans foi qui s'est vendue corps et âme à Athalie. Les sons du mépris ne sont jamais brillants ; pour les bien rendre, on les jette du bout des lèvres comme quelque chose d'impur.

Je tremble | *l. h.* qu'Athalie, *l. b.* à ne vous rien cacher,
h. Vous-même | *p. h.* de l'autel | vous faisant arracher,

N'achève enfin sur vous | ses vengeances funestes,
p. h. Et d'un respect forcé | ne dépouille les restes.

Abner fait part de ses craintes à Joad. Ce passage rentre dans le ton de la haute conversation.

JOAD.

D'où vous vient aujourd'hui | h. ce noir pressentiment ?

Cette interrogation doit être faite avec dignité.

ABNER.

Pensez-vous être saint l. h. et juste impunément ?

Cette phrase est tout à la fois interrogative et exclamative.

Dès longtemps | elle hait | cette fermeté rare
Qui rehausse en Joad | l'éclat de la tiare ;
p. h. Dès longtemps | votre amour pour la religion
Est traité de révolte et de sédition.

On ajoutera devant ces vers : Eh bien ! je vous dirai, si vous ne savez pas, que *dès longtemps*, etc. Ce passage est toujours de conversation soutenue.

Du mérite éclatant | l. h. cette reine | h. jalouse

13

Pour donner à ce vers son véritable sens, il faut commencer par le remettre dans l'ordre logique, qui est : *Cette reine,* jalouse du mérite éclatant, ensuite le dire en conservant à chaque partie son ton naturel. Ainsi l'on comprendra qu'il s'agit d'une reine *jalouse du mérite éclatant*, et non pas d'une reine jalouse.

> Hait surtout | *l. h.* Josabet, | votre fidèle épouse.
> Si du grand-prêtre Aaron | *l. h.* Joad est successeur,
> De notre dernier roi | *h.* Josabet est la sœur.
> *h.* Mathan, | d'ailleurs, | *p. h.* Mathan, ce prêtre sacrilége,
> *l. h.* Mathan, | de nos autels | *h.* infâme déserteur,
> Et de toute vertu *p. h.* zélé persécuteur.

L'indignation d'Abner pour l'apostat Mathan éclate en ce moment. Il faut que les sons expriment tout le mépris et le dégoût que lui inspirent cet homme vil.

> C'est peu | *l. b.* que le front | ceint d'une mître étrangère,
> *l. h.* Ce lévite | à Baal prête son ministère ;
> *h.* Ce temple | l'importune, *p. h.* et son impiété
> Voudrait anéantir | *b. h.* le Dieu qu'il a quitté.
> *l. h.* Pour vous perdre, il n'est point de ressort qu'il n'invente ;)
> *h.* Quelquefois *b. b.* il vous plaint, | souvent même | *p. h.* il vous vante :)

affecte | *l. h*, pour vous | *p. b.* une fausse douceur ;
Et par là | de son fiel colorant la noirceur,
l. h. Tantôt à cette reine | il vous peint redoutable,
Tantôt | voyant pour l'or | sa soif insatiable,
Il lui feint | *l. h.* qu'en un lieu que vous seul connaissez
Vous cachez des trésors | *l. h.* par David amassés.

Ce tableau qu'Abner fait de Mathan doit être continué sur le ton de mépris, mais moins accentué que le précédent.

Enfin | *l. h.* depuis deux jours | *p. h.* la superbe Athalie
l, b. Dans un sombre chagrin | paraît ensevelie.

Abner fait connaître à fond la cause de ses soupçons. Le premier vers sera dit comme s'il y avait : « Enfin je vous dirai que *depuis*, etc. »

Je l'observais hier, et je voyais | ses yeux
Lancer sur le lieu saint | *l. b* des regards furieux,
Comme si, *l. h.* dans le fond de ce vaste édifice,
Dieu | cachait un vengeur | *p. h.* armé pour son supplice.

Abner montre non-seulement l'état dans lequel se trouvait Athalie, mais encore rend l'effet de terreur qu'il a éprouvée en la voyant.

Croyez-moi, *l. h.* plus j'y pense, *h.* et moins je puis douter
Que sur vous | son courroux ne soit près d'éclater,
Et que de Jézabel | *l. b.* la fille sanguinaire
Ne vienne attaquer *h.* Dieu | jusqu'en son sanctuaire.

Ici Abner veut convaincre Joad et lui prouver que son noir pressentiment est fondé. Le ton sera persuasif et entraînant.

———

Autres exercices sur tous les genres et sur tous les tons.

LE CORBEAU ET LE RENARD

Maître corbeau, | sur un arbre perché,
Tenait | en son bec | un fromage,
Maître Renard, | par l'odeur alléché,
Lui tint | à peu près | ce langage :
« Hé! bonjour, | monsieur du Corbeau !
Que vous êtes joli! | que vous me semblez beau !
Sans mentir, | si votre ramage
Se rapporte à votre plumage,
Vous êtes le phénix | des hôtes de ces bois. »
A ces mots, le corbeau | ne se sent pas de joie,
Et, pour montrer sa belle voix,
Il ouvre un large bec, laisse tomber sa proie.
Le Renard | s'en saisit, | et dit : | « Mon bon monsieur,
Apprenez | que tout flatteur |
Vit aux dépens | de celui qui l'écoute.
Cette leçon | vaut bien un fromage, | sans doute. »
Le corbeau, | honteux et confus, |
Jura, | mais un peu tard, | qu'on ne l'y prendrait plus.

(LA FONTAINE.)

REMORDS DE PHÈDRE.

Mes crimes | désormais | ont comblé la mesure :
Je respire | à la fois | l'inceste et l'imposture ;
Mes homicides mains, promptes | à me venger,
Dans le sang innocent brûlent | de se plonger !
Misérable ! | Et je vis ! | et je soutiens la vue
De ce sacré Soleil dont je suis descendue !
J'ai | pour aïeul | le père et le maître des dieux.
Le ciel, | tout l'univers | est plein de mes aïeux :
Où me cacher ? | Fuyons dans la nuit infernale.
Mais | que dis-je ? | mon père y tient l'urne fatale ;
Le sort, | dit-on, | l'a mise en ses sévères mains :
Minos | juge aux enfers tous les pâles humains.
Ah ! | combien frémira | son ombre épouvantée,
Lorsqu'il verra | sa fille, | à ses yeux présentée,
Contrainte d'avouer | tant de forfaits divers,
Et des crimes | peut-être | inconnus aux enfers !
Que diras-tu, | mon père, | à ce spectacle horrible ?
Je crois voir | de ta main | tomber l'urne terrible ;
Je crois te voir, | cherchant un supplice nouveau,
Toi-même | de ton sang | devenir le bourreau.
Pardonne. | Un dieu cruel a perdu ta famille.
Reconnais sa vengeance aux fureurs de ta fille.
Hélas ! du crime affreux dont la honte me suit,
Jamais | mon triste cœur n'a recueilli le fruit.
Jusqu'au dernier soupir de malheurs poursuivie,
Je rends dans les tourments une pénible vie.

(RACINE.)

CLYTEMNESTRE A AGAMEMNON QUI PERSISTE A VOULOIR
IMMOLER SA FILLE.

Vous ne démentez point | une race funeste :
Oui, | vous êtes le sang d'Atrée | et de Thyeste.
Bourreau de votre fille, | il ne vous reste enfin
Que d'en faire à sa mère | un horrible festin.
Barbare! | c'est donc là | cet heureux sacrifice
Que vos soins préparaient | avec tant d'artifice !
Quoi! | l'honneur de souscrire | à cet ordre inhumain |
N'a pas, | en le traçant, | arrêté votre main !
Pourquoi feindre | à nos yeux | une fausse tristesse ?
Pensez-vous | par des pleurs | prouver votre tendresse ?
Où sont-ils | ces combats | que vous avez rendus !
Quels flots de sang | pour elle | avez-vous répandus ?
Quel débris | parle ici de votre résistance ?
Quel champ | couvert de morts | me condamne au silence ?
Voilà | par quels témoins | il fallait me prouver,
Cruel, que votre amour | a voulu la sauver.
Un oracle fatal | ordonne qu'elle expire :
Un oracle | dit-il | tout ce qu'il semble dire ?
Le ciel, | le juste ciel, | par le meurtre honoré,
Du sang de l'innocence | est-il donc altéré ?
Si du crime d'Hélène | on punit sa famille,
Faites chercher | à Sparte | Hermione, | sa fille.
Mais non, | l'amour d'un frère | et son honneur blessé
Sont les moindres des soins dont vous êtes pressé :
Cette soif de régner | que rien ne peut éteindre,

L'orgueil de voir vingt rois | vous servir et vous craindre,
Tous les droits de l'empire | en vos mains confiés,
Cruel, | c'est à ces dieux | que vous sacrifiez ;
Et, | loin de repousser le coup | qu'on vous prépare,
Vous voulez | vous en faire un mérite barbare :
Trop jaloux | d'un pouvoir qu'on peut vous envier,
De votre propre sang | vous courez le payer,
Et voulez | par ce prix | épouvanter l'audace
De quiconque | vous peut disputer votre place.
Est-ce donc être père? | Ah! | toute ma raison |
Cède à la cruauté de cette trahison.
Un prêtre, | environné d'une foule cruelle,
Portera | sur ma fille | une main criminelle,
Déchirera son sein, | et, | d'un œil envieux,
Dans son cœur palpitant | consultera les dieux !
Et moi, | qui l'amenai | triomphante, adorée,
Je m'en retournerai seule | et désespérée !
Je verrai les chemins | encore tout parfumés
Des fleurs | dont | sous ces pas | on les avait semés !
Non, | je ne l'aurai point amenée au supplice,
On vous ferez aux Grecs | un double sacrifice.
Ni crainte, | ni respect | ne m'en peut détacher :
De mes bras tout sanglants | il faudra l'arracher :
Aussi barbare époux | qu'impitoyable père,
Venez, | si vous l'osez, | la ravir à sa mère.

(Racine, *Iphigénie*.)

LE CHRÉTIEN MOURANT.

Qu'entends-je ! | autour de moi | l'airain sacré résonne !
Quelle foule pieuse | en pleurant | m'environne ?
Pourqui ce chant funèbre | et ce pâle flambeau ?
O mort ! | est-ce ta voix | qui frappe mon oreille |
Pour la dernière fois ? | Eh quoi ! | je me réveille |
     Sur le bord du tombeau !

O toi ! | d'un feu divin | précieuse étincelle,
De ce corps périssable | habitante immortelle,
Dissipe ces terreurs : | la mort vient t'affranchir !
Prends ton vol, | ô mon âme ! | et dépouille tes chaînes.
Déposer | le fardeau des misères humaines,
     Est-ce donc là | mourir ?

Oui, | le temps | a cessé de mesurer mes heures.
Messagers rayonnants des célestes demeures,
Dans quels palais nouveaux | allez-vous me ravir ?
Déjà, | déjà | je nage | en des flots de lumière :
L'espace | devant moi | s'agrandit, | et la terre |
     Sous mes pieds | semble fuir !

Mais | qu'entends-je ? | Au moment | où mon âme s'éveille,
Des soupirs, | des sanglots | ont frappé mon oreille ?
Compagnons de l'exil, | quoi ! | vous pleurez ma mort ?
Vous pleurez ! | et déjà | dans la coupe sacrée |
J'ai bu | l'oubli des maux, | et mon âme enivrée |
     Entre au céleste port ! |

                 (LAMARTINE).

LES ANIMAUX MALADES DE LA PESTE.

Un mal qui répand la terreur,
Mal que le ciel en sa fureur
Inventa pour punir les crimes de la terre,
La peste (puisqu'il faut l'appeler par son nom),
Capable d'enrichir en un jour l'Achéron,
Faisait aux animaux la guerre.
Ils ne mouraient pas tous, mais tous étaient frappés :
On n'en voyait point d'occupés
A chercher le soutien d'une mourante vie ;
Nul mets n'excitait leur envie ;
Ni loups, ni renards n'épiaient
La douce et l'innocente proie :
Les tourterelles se fuyaient ;
Plus d'amour, partant plus de joie.
Le lion tint conseil, et dit : Mes chers amis,
Je crois que le ciel a permis
Pour nos péchés cette infortune :
Que le plus coupable de nous
Se sacrifie aux traits du céleste courroux ;
Peut-être il obtiendra la guérison commune.
L'histoire nous apprend qu'en de tels accidents
On fait de pareils dévoûments.
Ne nous flattons donc point, voyons sans indulgence
L'état de notre conscience.
Pour moi, satisfaisant mes appétits gloutons,
J'ai dévoré force moutons.

13.

Que m'avaient-ils fait? Nulle offense.
Même il m'est arrivé quelquefois de manger
Le berger.
Je me dévoûrai donc, s'il le faut; mais je pense
Qu'il est bon que chacun s'accuse ainsi que moi;
Car on doit souhaiter, selon toute justice,
Que le plus coupable périsse.
— Sire, dit le renard, vous êtes trop bon roi;
Vos scrupules font voir trop de délicatesse.
Hé bien! manger moutons, canaille, sotte espèce,
Est-ce un péché? Non, non. Vous leur fîtes, seigneur,
En les croquant, beaucoup d'honneur.
Et quant au berger, l'on peut dire
Qu'il était digne de tous maux,
Etant de ces gens-là qui sur les animaux
Se font un chimérique empire.
Ainsi dit le renard, et flatteurs d'applaudir.
On n'osa trop approfondir
Du tigre, ni de l'ours, ni des autres puissances,
Les moins pardonnables offenses :
Tous les gens querelleurs, jusqu'aux simples mâtins,
Au dire de chacun étaient de petits saints.
L'âne vint à son tour, et dit : J'ai souvenance
Qu'en un pré de moine passant,
La faim, l'occasion, l'herbe tendre, et, je pense,
Quelque diable aussi me poussant,
Je tondis de ce pré la largeur de ma langue.
Je n'en avais nul droit, puisqu'il faut parler net.
A ces mots, on cria, Haro! sur le baudet.
Un loup, quelque peu clerc prouva par sa harangue

Qu'il fallait dévouer ce maudit animal,

Ce pelé, ce galeux, d'où venait tout le mal ;

Sa peccadille fut jugée un cas pendable.

Manger l'herbe d'autrui ! quel crime abominable !

    Rien que la mort n'était capable

D'expier son forfait. On le lui fit bien voir.

Selon que vous serez puissant ou misérable,

Les jugements de cour vous rendront blanc ou noir.

            (LA FONTAINE.)

L'ANNIVERSAIRE.

Hélas ! après dix ans je revois la journée

Où l'âme de mon père aux cieux est retournée.

L'heure sonne : j'écoute... O regrets ! ô douleurs !

Quand cette heure eut sonné, je n'avais plus de père !

On retenait mes pas loin du lit funéraire ;

On me disait : il dort ; et je versais des pleurs.

Mais du temple voisin quand la cloche sacrée

Annonça qu'un mortel avait quitté le jour,

Chaque son retentit dans mon âme navrée,

    Et je crus mourir à mon tour.

Tout ce qui m'entourait me racontait ma perte :

Quand la mort dans les airs jeta son crêpe noir,

Mon père à ses côtés ne me fit plus asseoir,

Et j'attendis en vain, à sa place déserte,
Une tendre caresse et le baiser du soir.

Je voyais l'ombre auguste et chère
M'apparaître toutes les nuits :
Inconsolable en mes ennuis,
Je pleurais tous les jours, même auprès de ma mère.

Ce long regret, dix ans ne l'ont point adouci :
Je ne puis voir un fils dans les bras de son père,
Sans dire en soupirant : « J'avais un père aussi ! »
Son image est toujours présente à ma tendresse.
Ah ! quand le pâle automne aura jauni les bois,
O mon père ! je veux promener ma tristesse
Aux lieux où je te vis pour la dernière fois :

Sur ces bords que la Somme arrose,
J'irai chercher l'asile où ta cendre repose ;
J'irai d'une modeste fleur
Orner ta tombe respectée,
Et sur la pierre, encor de larmes humectée,
Redire ce chant de douleur.

(MILLEVOYE.)

ODE (fragment).

Qu'aux accents de ma voix la terre se réveille ;
Rois, soyez attentifs ; peuples, ouvrez l'oreille :
Que l'univers se taise et m'écoute parler.
Mes chants vont seconder les accords de ma lyre :

L'Esprit-Saint me pénètre ; il m'échauffe, il m'inspire
Les grandes vérités que je vais révéler.

L'homme en sa propre force a mis sa confiance ;
Ivre de ses grandeurs et de son opulence,
L'éclat de sa fortune enfle sa vanité.
Mais, ô moment terrible ! ô jour épouvantable,
Où la mort saisira ce fortuné coupable,
Tout chargé des liens de son iniquité !
Que deviendront alors, répondez, grands du monde,
Que deviendront ces biens où votre espoir se fonde,
Et dont vous étalez l'orgueilleuse moisson ?
Sujets, amis, parents, tout deviendra stérile ;
Et dans ce jour fatal, l'homme à l'homme inutile,
Ne paîra point à Dieu le prix de sa rançon.

(J.-B. ROUSSEAU.)

LA FAMINE DE PARIS (fragment).

Une femme (grand Dieu, faut-il à la mémoire
Conserver le récit de cette horrible histoire ?)
Une femme avait vu, par ces cœurs inhumains,
Un reste d'aliment arraché de ses mains ;
Des biens que lui ravit la fortune cruelle,
Un enfant lui restait, près de périr comme elle ;
Furieuse, elle approche, avec un coutelas,
De ce fils innocent qui lui tendait les bras ;

Son enfance, sa voix, sa misère et ses charmes
A sa mère en fureur arrachent mille larmes ;
Elle tourne sur lui un visage effrayé,
Plein d'amour, de regret, de rage, de pitié ;
Trois fois le fer échappe à sa main défaillante ;
La rage enfin l'emporte, et d'une voix tremblante,
Détestant son hymen et sa fécondité :
« Cher et malheureux fils, que mes flancs ont porté,
« Dit-elle, c'est en vain que tu reçus la vie ;
« Les tyrans ou la faim l'auraient bientôt ravie.
« Et pourquoi vivrais-tu ? Pour aller dans Paris,
« Errant et malheureux, pleurer sur des débris ?
« Meurs avant de sentir mes maux et ta misère ;
« Rends-moi le jour, le sang que t'a donnés ta mère ;
« Que mon sein malheureux te serve de tombeau,
« Et que Paris du moins voie un crime nouveau ! »
En achevant ces mots, furieuse, égarée,
Dans les flancs de son fils sa main désespérée
Enfonce, en frémissant, le parricide acier ;
Porte le corps sanglant auprès de son foyer,
Et, d'un bras que poussait sa faim impitoyable,
Prépare avidement ce repas effroyable.
Attirés par la faim, les farouches soldats
Dans ces coupables lieux précipitent leurs pas ;
Leur transport est semblable à la cruelle joie
Des ours et des lions qui fondent sur leur proie ;
A l'envi l'un de l'autre, ils courent en fureur,
Ils enfoncent la porte. O surprise, ô terreur !
Près d'un corps tout sanglant, à leurs yeux se présente
Une femme égarée et de sang dégouttante.

« Oui, c'est mon propre fils ; oui, monstres inhumains,

« C'est vous qui dans son sang avez trempé mes mains ;

« Que la mère et le fils vous servent de pâture ;

« Craignez-vous plus que moi d'outrager la nature ?

« Quelle horreur à mes yeux semble vous glacer tous ?

« Tigres, de tels festins sont préparés pour vous ! »

Ce discours insensé, que sa rage prononce,

Est suivi d'un poignard qu'en son cœur elle enfonce.

De crainte, à ce spectacle, et d'horreur agités,

Ces monstres confondues courent épouvantés ;

Ils n'osent regarder cette maison funeste ;

Ils pensent voir tomber sur eux le feu céleste ;

Et le peuple, effrayé de l'horreur de son sort,

Levait les mains au ciel et demandait la mort.

(VOLTAIRE, *Henriade.*)

APPENDICE

Comme ceux qui font une profession du chant exercent dès longtemps leur voix pour rendre avec le plus de perfection possible tout ce qu'il y a de beauté, d'harmonie dans une composition musicale, de même pour exécuter avec faclité, avec grâce, les différents mouvements dans l'action oratoire, il faut exercer les parties de notre corps qui y concourent d'une manière immédiate. C'est pourquoi nous allons donner ici certains exercices pour délier les bras et les mains.

EXERCICE POUR DÉLIER LES BRAS.

Prenez, soit une corde, soit un mouchoir roulé, et tenant l'un ou l'autre avec vos deux mains, une à chaque bout, à une distance proportionnée à la largeur de vos épaules, vous fe-

rez passez sur votre tête la corde fortement ten-
due que vous ferez descendre jusqu'aux reins.
Vous la retirez comme elle est passée, répé-
tant cet exercice autant que l'absence de fati-
gue vous le permettra.

DU MOELLEUX DANS LE GESTE

Le moelleux est ce qui rend le geste gracieux ;
car tout geste, quel qu'il soit, à moins que la
circonstance ne l'exige, s'il manque de moelleux, devient raide, et quelquefois ridicule.
C'est ce moelleux qui prête à l'extérieur de l'o-
rateur cette grâce qui attache sur lui nos regards et dispose nos esprits et nos cœurs à recueillir avec complaisance les vérités qu'il nous
enseigne.

Le moyen d'obtenir par l'exercice ce don
enchanteur que la nature nous a refusé plus ou
moins à tous, consiste à s'exercer souvent à
faire des gestes, après avoir communiqué à nos
bras et à nos mains un état de nonchalance et
de mollesse qui ne nous est pas naturelle.

EXERCICE POUR DÉLIER LES MAINS

La main, si féconde en gestes d'autant plus difficiles et plus gracieux que les articulations sont plus multipliées, peut être déliée comme il suit.

Tenant votre main dans un état de mort, vous lui ferez subir des mouvements rapides en la secouant dans le sens du gros doigt au plus petit, ou pour me servir de l'expression consacrée par la science, dans le sens du pouce à l'auriculaire. Vous devez de plus vous essayer à ouvrir votre main avec souplesse, avec délicatesse, car c'est dans les doigts que se termine le geste, c'est dans cette partie qu'il devient parlant. Si cette partie est raide, votre geste, quelque aisé qu'il soit dans les bras, perd tout son agrément. Il n'est pas rare de trouver des orateurs qui, négligeant leur main, échouent complétement en cette matière, bien qu'ils aient toutes les parties du bras parfaitement déliées. Nombreux seraient les exemples que nous pourrions citer. Nous ne prétendons pas dire par là que nous devions négliger les autres parties pour nous occuper uniquement de la main ; non. Il en est aussi dont le geste est manqué du coude, de l'épaule, quoiqu'il soit gracieux dans la main. Souvenez-vous qu'il n'y aura du moelleux dans votre geste que lorsqu'il y aura parfaite harmonie entre toutes les parties du bras, que lorsque votre geste se déploiera avec aisance depuis son principe jusqu'à sa fin. A mesure qu'il se développe, il doit grandir en grâce, et les divers mouvements qui s'opèrent, depuis l'épaule jusqu'à l'extrémité des doigts, se succéder avec la même mesure, comme les ondulations successives produites sur une corde que votre main secoue par l'une de ses extrémités.

TABLE DES MATIÈRES

FIN DE LA TABLE

AUX BUREAUX DE L'ŒUVRE DU COMMISSIONNAIRE DU CLERGÉ
12, RUE DE TOURNON, A PARIS.

LE CURÉ DANS SES RAPPORTS AVEC LE MAIRE ET LES FABRICIENS, où se trouve clairement expliqué, d'après la loi, etc., l'attitude du Curé vis-à-vis du Maire dans tous les cas où ces deux autorités locales se trouvent sur un terrain commun. 1 vol. in-12. Prix, 2 fr. 50 c., *franco* par la poste.

LES ACTES DE LA VIE DES SAINTS, par l'abbé Baudin, curé. 6 jolis vol. in-12. Prix, 7 fr., *franco* par la poste.

MISSIONS DE L'EXTRÊME ORIENT, par l'abbé Camille Lenfant, missionnaire. 1 vol. in-12. Prix, 1 fr. 50 c., *franco* par la poste.

ÉTUDES SUR LA PHILOSOPHIE, par l'abbé J. Bonnetat, curé-doyen. 2 forts vol. in-12. Prix, 7 fr., *franco* par la poste.

ROME VENGÉE, par monseigneur Gassiat. 1 beau vol. in-12, sur papier glacé. Prix, 4 fr., *franco* par la poste.

MOIS DE MARIE, tout en exemples, par l'abbé M. B. 1 joli vol. in-18. Prix, 2 fr., *franco* par la poste.

MOIS DE MARIE, par l'abbé Fourgez, chanoine honoraire. 1 joli vol. in-18. Prix, 1 fr. 50 c., *franco* par la poste.

L'AMI DES CATHOLIQUES, par l'abbé Fourgez, chanoine honoraire. 1 vol. in-12. Prix, 3 fr., *franco* par la poste.

LE CULTE DE MARIE. 1 beau vol. in-8. Prix, 4 fr., *franco* par la poste.

DICTIONNAIRE DU CULTE CATHOLIQUE, par l'abbé Decordes. 1 beau vol. in-8. Prix, 4 fr., *franco* par la poste.

LA CROIX OU LE DERNIER JOUR DU CHRIST, par l'abbé Decordes. 1 beau vol. in-8. Prix, 2 fr. 50 c., *franco* par la poste.

LE ROMAN CONTRE LES ROMANS, par l'abbé Bertrand. 1 vol. in-12. Prix, 2 fr., *franco* par la poste.

Paris. — Typ. de Cosson et Comp., rue du Four-St-Germ., 43.

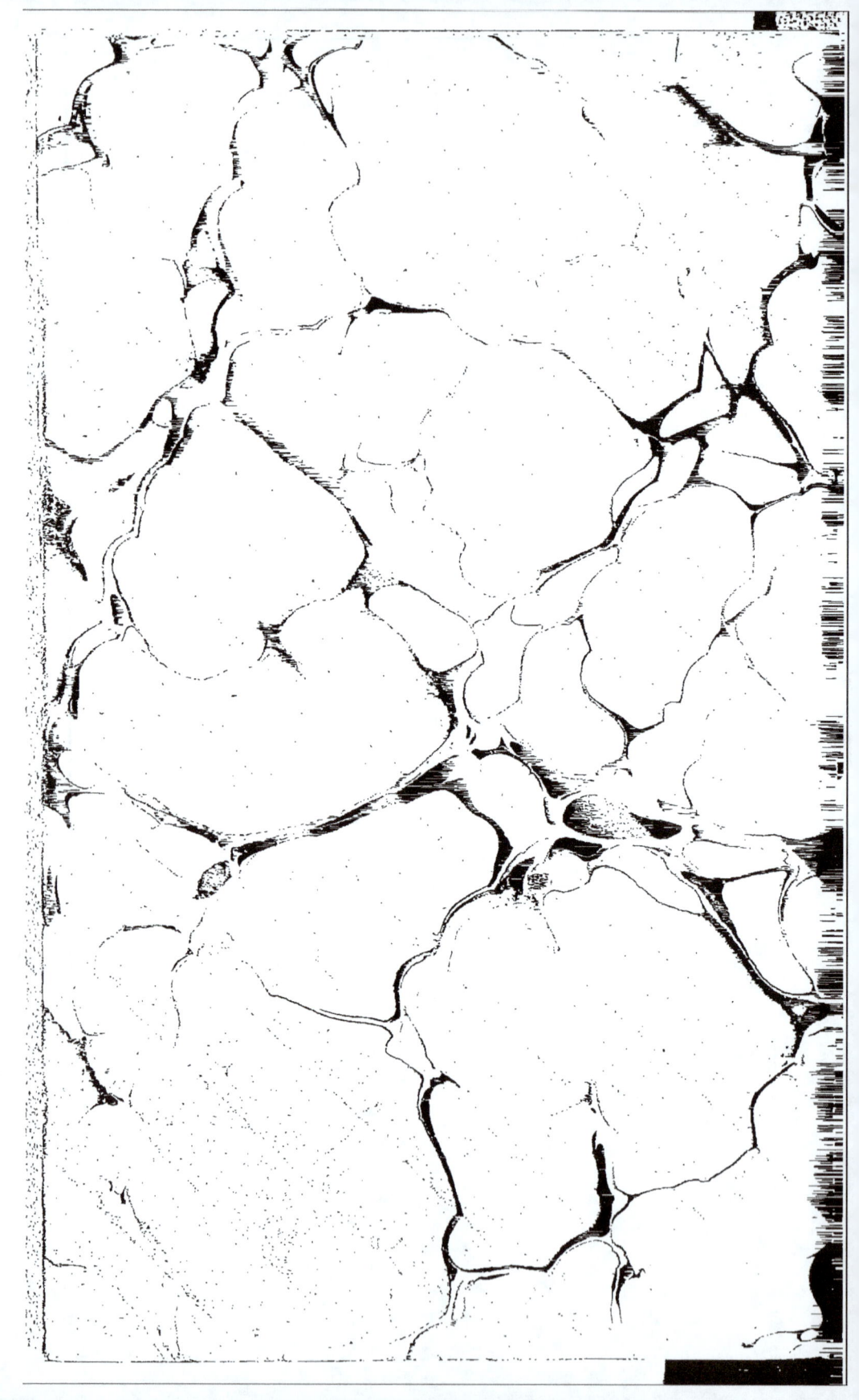

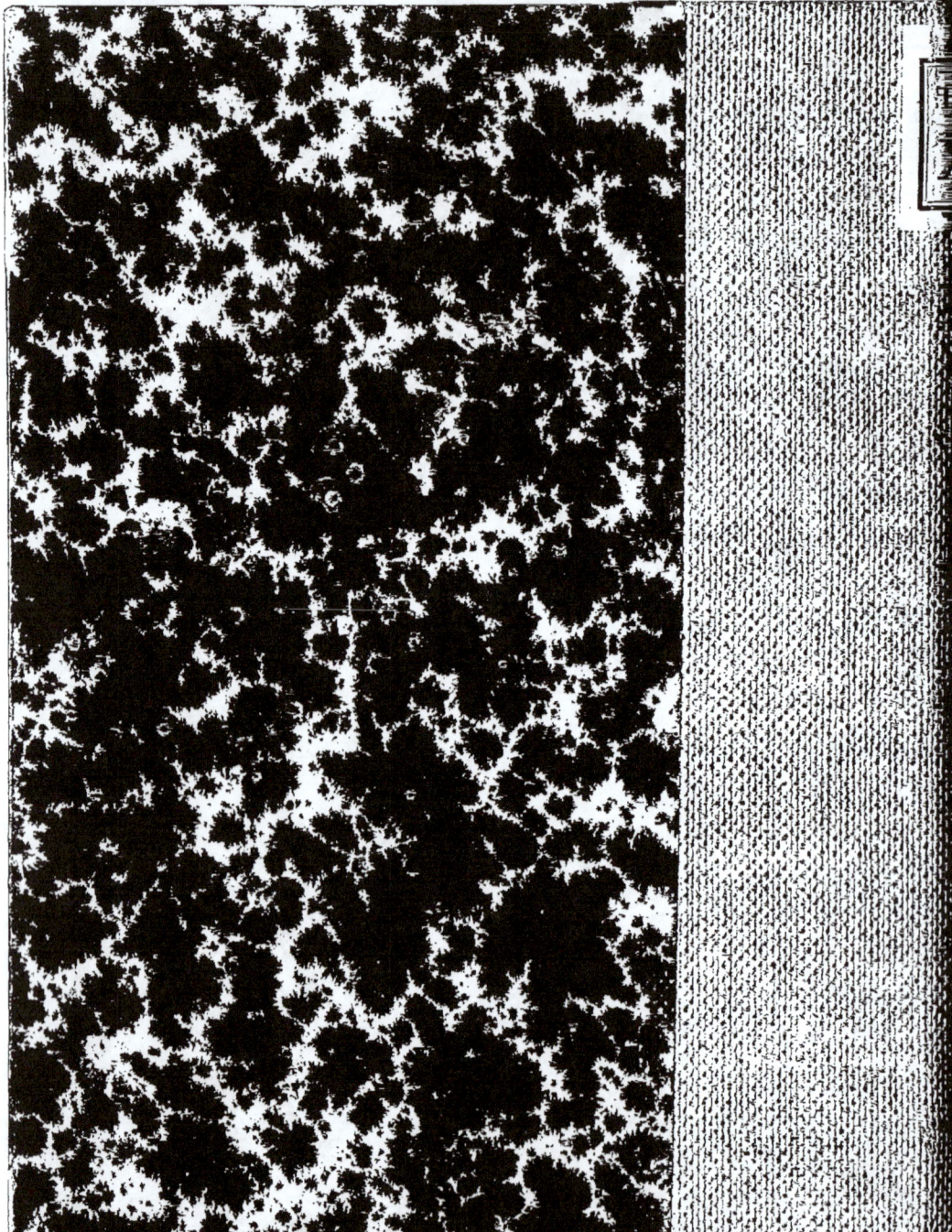

www.ingramcontent.com/pod-product-compliance
Lightning Source LLC
Chambersburg PA
CBHW070514030726
47503CB00004B/1269